HOMER

ODYSSEY
BOOK IX

Edited with Introduction
& Running Vocabulary by

J. V. Muir

Bristol Classical Press

This impression 2003
This edition published in 1980 by
Bristol Classical Press
an imprint of
Gerald Duckworth & Co. Ltd.
90-93 Cowcross Street, London EC1M 6BF
Tel: 020 7490 7300
Fax: 020 7490 0080
inquiries@duckworth-publishers.co.uk
www.ducknet.co.uk

A catalogue record for this book is available
from the British Library

ISBN 0 906515 61 0

Cover illustration: Odysseus and Polyphemus,
from an Argive krater c. 660 BC; Argos Museum

CONTENTS

PREFACE

The idea for this text (which owes much to the *Cambridge Latin Texts* series) originated at the JACT Greek Summer School in Cheltenham. Something of the kind was needed by those who had just moved from a beginners' course to reading real Greek, and the comments of students who used two earlier versions and the encouragement of colleagues seemed to justify offering the result to others.

I am very grateful to Professor Malcolm Willcock and Dr. Peter Jones for their help and advice; to Mr John Betts for being a very patient and helpful General Editor; to Dr Christopher Rowe for editing; to Frances Bond for layout; and to Mrs Christine Hall and Mrs Jean Bees for illustrations. I should like to split my best thanks between colleagues and students at the Greek Summer School and my family who tolerate both my absence and my enthusiasm with much understanding.

NOTE TO THE READER

This small edition is intended for students who have just completed a beginners' course in Greek and who would like to read a book of the *Odyssey*. The dialect of Homer (or rather the mixture of dialects) looks strange at first but becomes familiar surprisingly soon. The chief problem concerns vocabulary; so many words are new that the process of reading can easily seem like a prolonged exercise in the use of a lexicon. It is, of course, essential to have and use a good lexicon and commentary when reading Homer, but this edition tries to help in such a way that the pleasures of reading are not totally overwhelmed by disheartening puzzlement and constant pageturning. Words are glossed on the facing page and at moments of particular difficulty some help with translation is provided. Where two meanings for a word are given, the first is the normal, root meaning and the second a meaning more appropriate to the context. Words marked with an asterisk occur frequently in Homer and should be learnt by heart since they will not be glossed again.

J.V.M.
King's College, London
September, 1980

INTRODUCTION: HOMER AND HIS POETRY

The Poems and Their Composition

Any non-literate society hands on a vast store of information,
wisdom and artistic impression by word of mouth and in the
early Greek world one of the artistic elements in this
tradition was oral poetry created and performed by poets
of a special kind. Oral poetry combines two seemingly
opposed qualities: the formality required by tradition
and custom, and the spontaneous creativity of the indivi-
dual poet. The tradition of centuries dictated both
subject-matter and techniques, but the re-creation of
the subject-matter and the deployment of the techniques
of improvisation as an artistic experience for an audience
were the responsibility of each poet each time the story
was told. The performance involved a range of skills
in which memory must have been paramount but they were
not the same skills as those required by a writer of
literature. The outline of the story was more or less
fixed; the dramatisation of it, however, the characteri-
sation and the realisation of details were for the poet
to supply on the spot and were doubtless adapted somewhat
to each individual audience (rather as a comedian in the
theatre uses the same stock of jokes but tailors the tone
and selection of them to the reaction of his particular
audience). The skill of story-telling is familiar enough
but the Greek oral poet had to reckon with the further
strict requirements of metre. His inspirations and in-
ventions and his memory had to be channelled through the
formal rhythm of the six-foot verse. Once he started to
recite he was caught in a constant chain of complex
decisions; his next words had to follow the line of thought,
the syntax of the sentence and the needs of metre all at
once. A prodigious memory must have supplied much but,
for the rest, a poet's reactions must have been instantane-
ous and instinctive and required a huge repertory of words,
phrases and formulae on instant recall. Techniques natural-
ly developed to assist this process; there were regular
patterns for certain themes or repeatable types of des-
cription (e.g. arming for battle), formulae of one, two,
or three lines which gave relief at appropriate moments
from the strain of invention, and, above all, an array of
stock phrases which could be varied and fitted into parts
of the six-foot line as pre-fabricated metrical units
(e.g. πολύμητις Ὀδυσσεύς). It is not surprising that the
metrical convenience of a phrase or an epithet occasionally
led to its use in a context for which it was not entirely
fitted. With all these aids, however, the instinctive
virtuosity of an oral poet who could improvise for hours at
a stretch remains astonishing, and the poets themselves, aware,
like many artists, of the unconscious nature of their skill,

regularly attributed their gifts to a goddess or a Muse
and invoked her help as a prologue to their work. Such
poetry is now very nearly a lost art but surprising paral-
lels have been found in recent times in some pre-literate
societies.

In the eighth century B.C. the Greeks adopted a simple
but revolutionary device - an alphabet in which each sign
stood for a single sound. The Mycenaeans, who had spoken
an early form of Greek, had used a writing system too but
it was cumbersome and difficult, being based on the repre-
sentation of syllables, and, so far as we know, it
was the preserve of technical specialists who used it
mainly for mundane business purposes (like keeping tallies
of flocks of sheep and records of wool production). The
alphabet which the Greeks adapted from the North Semitic
script of the Phoenicians was far simpler and meant that
anyone with a little skill and practice could acquire the
art of recording the spoken word. At once it became pos-
sible to 'freeze' and preserve examples of oral poetry
(and eventually, perhaps, to destroy its techniques). And
at some time, probably in the eighth or seventh century
B.C., two great poems were composed which stemmed from
the oral tradition - how and by whom we do not know.
These are the two long epics, the *Iliad* and the *Odyssey*,
concerned respectively with Achilles and the Trojan War,
and with the return of Odysseus, one of the Greek heroes,
from Troy to his home in Ithaca. Both poems show the un-
mistakeable characteristics of oral poetry and almost
certainly stand at the end of a long period of development.
It has, however, been argued from many points of view
that the poems we have bear the marks not only of oral
tradition but also of careful design and mature, personal
genius. Was there perhaps one poet who worked in the oral
idiom but who used the new invention of writing to produce
two great works, superior to the usual performances of
oral poets and very much his own - in fact, Homer? This
question (the so-called 'Homeric question') has occupied
the attention of scholars since the end of the eighteenth
century and will probably never receive a definite answer.

The Story of The Odyssey

The *Odyssey* opens with Odysseus still on the island of the
nymph, Calypso, and longing to go home. The gods (apart
from Poseidon who is away from Olympus) hold an assembly
and Athena asks that Hermes should be sent to tell Calypso
to release Odysseus and let him go on his way. Athena
thereupon goes down to Ithaca, Odysseus' island home, where
his wife, Penelope, is constantly repelling the advances of
greedy and irresponsible local lords who wish to marry her.
Athena urges Telemachus, Odysseus' son, to leave the island
to get news of his father and he sets out for Pylos, later

going on to visit Menelaus in Sparta. Zeus eventually
sends Hermes down to Calypso and, though she is sorry to
do so, she agrees to let Odysseus leave and helps him
on his way. Odysseus begins his voyage home safely but
Poseidon spitefully sends a great storm and Odysseus is
ship-wrecked. He finally escapes from the sea and goes
to sleep exhausted on the shore of an unknown land. The
next day he has a delightful meeting on the shore with
Nausikaa, the beautiful and courteous daughter of Alkinoos,
the king of that land (Phaeacia), and she takes him with
her back to the palace. Alkinoos gives a great feast and
Odysseus is persuaded to tell the story of his previous
adventures. Book IX begins the long tale he tells.
After the mighty battle with the Kikones and a narrow
escape in the land of the Lotus-Eaters, he and his men
visited the Cyclops, Polyphemus, were imprisoned in the
Cyclops' cave, outwitted and blinded the monster and just
made their escape safely. In the following books Odysseus
tells of their subsequent adventures and the death of his
companions by shipwreck, ending with his stay on Calypso's
island. Eventually Odysseus leaves the land of king
Alkinoos where he has been received so hospitably and re-
turns to Ithaca where he is finally joined by Telemachus.
Disguised as a beggar he enters his palace where Penelope's
suitors are making free with his possessions as well as
troubling her with their demands and, after a contest
in stringing a great bow, he reveals himself and takes his
revenge by killing the suitors. He is reunited with
Penelope and peace returns to Ithaca.

The theme of the *Odyssey* is thus the universal one of the
trials and return of a wanderer. It happens to be about
a Greek hero and his journey home from Troy but much of
it has the essential characteristic of folk-tale and myth -
a reference beyond the particular details of the story to
general experiences and feelings which may have different
contexts for different readers but which still have a cen-
tral nucleus of familiar humanity. It is very unlikely
that the reaction of a modern reader to the story is the
same as that of, say, a Greek bishop of Thessalonica in
the twelfth century but both in very different circumstances
have still found that extra dimension which makes the
Odyssey not just an impressive survival from antiquity
but a remarkably clear, direct and entertaining reflection
of contemporary human nature and typical human dilemmas.
Book IX can and probably should be read without a conscious
search for significance; it is an exciting, quick-moving,
slightly gruesome tale told with great gusto of how the
central character and his companions emerge victorious from
yet another trial. But not far beneath the surface are
those universal elements which make it more than an in-
genious plot - civilised man face-to-face with the unknown,
the senselessly cruel and the inhuman, cleverness and cun-
ning (which the Greeks admired so much) against apparently

invincible brute strength (much as in the story of David
and Goliath) and the dangers, temptations and pleasures
of elation and over-confidence at the moment of victory.
Such analyses easily lead to the wilder flights of fancy
but they perhaps go a little way towards explaining why
the *Odyssey* continues to appeal to readers of so many
different kinds.

Homer's Language

The *Iliad* and the *Odyssey* are written in a literary 'epic'
dialect of the Greek language with many Ionic forms. This
is somewhat different from the Attic dialect which is
usually learnt first nowadays but the differences soon
become familiar; some of the commonest variations are
as follows:

Nouns, adjectives and the article

Most case endings are the same but there are some other
forms:

(a) The genitive singular of the second declension may
     be found either as -ου or as -οιο: e.g. ἀοιδός -
     genitive ἀοιδοῦ; ἄνεμος - *genitive* ἀνέμοιο.

(b) The dative plural of masculine and neuter nouns or
     adjectives with ο- stems may be found as -οις or
     -οισι (ν): e.g. ὀλοοῖς ἀνέμοισι.

(c) The dative plural of feminine nouns and adjectives
     with α- or η- stems is found as -ῃς or -ῃσι (ν):
     e.g. θοός - *dative plural feminine* θοῇς; ποίμνη-
     dative plural ποίμνῃσιν.

(d) The dative plural of the third declension may be
     found as -εσι (ν) or εσσι (ν): e.g. ἄλγος - *dative
     plural* ἄλγεσι; πούς - *dative plural* πόδεσσιν.

(e) Where Attic Greek uses α, Ionic sometimes uses η:
     e.g. χώρα (Attic) - χώρη (Ionic).

(f) The article ὁ, ἡ, τό is used in an unfamiliar way.
     It is most often either simply 'he', 'she', or
     'it' (especially at the beginning of a sentence to
     indicate a change of subject) or the relative pro-
     noun 'who' or 'which'. It also has one or two
     variants: οἱ and αἱ may be found as τοί and ταί
     (N.B. σοι may also be found as τοι.)

Verbs

(a) In past tenses the augment is often omitted: e.g.
     φύγομεν for ἐφύγομεν (φεύγω *aorist*), φερόμην for

ἐφερόμην (φέρω *imperfect middle*); βῆμεν for ἐβῆμεν
(βαίνω *aorist*).

(b) In compound verbs the preposition may be separated
from the basic verb ('tmesis'): e.g. ἐκ δὲ καὶ αὐτοὶ
βῆμεν (= ἐξέβημεν).

(c) Some forms of the infinitive may be unfamiliar;
the following endings also occur: -μεν, -μεναι,
-εναι: e.g. ἀκουέμεν (= ἀκούειν); φευγέμεν (=
φεύγειν); εἶναι is also found as ἔμεν, ἔμμεν,
ἔμεναι, ἔμμεναι.

(d) Homer uses verbs in -μι frequently but mostly in
certain forms. The following common verbs are
worth remembering:-

δίδωμι, give; *aorist* - (ἔ)δωκα (*3rd plural* - (ἔ)δοσαν).
ἵστημι, make to stand; *strong aorist* (I stood), ἔστην.
ἵημι, send; *aorist* - ἧκα.
ὄλλυμι, destroy; *aorist* - ὤλεσα.
τίθημι, place; *aorist* - (ἔ)θηκα.

Reading Homer

Oral poetry was meant for the ear and it is important to
learn how to *read* Homeric verse as well as how to scan it.
Reading needs practice but it is not hard. Both the *Iliad*
and the *Odyssey* use a six-foot line as follows:-

$$- \cup \cup \,|\, - \cup \cup \,|\, - \cup \cup \,|\, - \cup \cup \,|\, - \cup \cup \,|\, - \breve{-}$$

Here is a line with both long and short syllables marked:

$$- \quad \cup \cup\,|\, - \cup \cup\,|\, - \quad \cup \cup\,|\, - \cup \cup\,|\, - \cup \quad \cup\,|\, - \quad -$$
τὸν δ' ἀπαμειβόμενος προσέφη πολύμητις 'Οδυσσεύς

Scansion

The main rules for scansion are as follows:-

(a) *Long and Short Syllables*

Syllables are short if they contain short vowels not fol-
lowed by two consonants. Syllables are long if they con-
tain long vowels, dipthongs or short vowels followed by
two consonants (a few combinations of two consonants fol-
lowing a short vowel, e.g. βρ and δρ, do not necessarily
lengthen a syllable - such syllables are called 'doubtful').

(b) *Length of Vowels*

Occasionally two vowels next to each other are pronounced
as one long vowel ('synizesis'): e.g.

$$- \mid - \quad \cup \cup \mid - \cup \cup \mid - \; - \qquad\qquad - \; \cup$$
... μεῖναι χρόνον εἰς ὅ κε ναυτέων ...; νηυσὶ δ'

$$\cup \mid - \quad \cup \cup \mid -$$
ἐπῶρσ' ἄνεμον ...

Some long vowels and dipthongs (especially the dipthong
-αι) may be shortened if they occur at the end of a
word and the following word begins with a vowel ('cor-
reption'): e.g.

$$- \; \cup \cup \mid - \; - \quad - \; \cup \; \cup \mid - \; -$$
... εἴδεται εἶναι; ὄφρα καὶ ὑμεῖς ...

Vowels may occur next to each other without affecting
their natural length and without elision ('hiatus' -
real or apparent): e.g.

$$\cup \mid - \; - \mid - \quad \cup \; \cup \mid \quad \cup$$
... θεμιστεύει δὲ ἕκαστος ...

Occasionally a short vowel at the end of a word may be
lengthened before certain single consonants (λ, μ, ν es-
pecially) at the start of the next: e.g.

$$- \; \cup \; \cup \mid - \; - \mid -$$
πάντα κατὰ μοῖραν ...

(c) *The Caesura*

In Homeric verse there is a break between words in the line
called the *caesura*, usually after the second syllable of
the third foot or '*metron*' (the break may also sometimes
occur after the first syllable of the third foot or less
often in the fourth foot). The *caesura* should not be
expressed in reading as a pedantic pause but more as the
indication of a certain pattern between the words and the
rhythm.

Learning to read

$$- \quad \cup \cup \mid - \; \cup \cup \mid - \quad \cup \cup \mid - \; \cup \cup \mid - \; \cup \quad \cup \mid - \; -$$
τὸν δ' ἀπαμειβόμενος προσέφη πολύμητις Ὀδυσσεύς

Read this line several times and try to get the feel of the
rhythm which emerges from the relative length of the
syllables.

Now take each of the following sets of words which come at
the ends of lines and which follow the same rhythmic pattern
for the last two feet of the line (-∪∪|-⌣). Read them
and try again to feel the rhythm: ἐστιν ἀοιδοῦ; δῆμον ἄπαντα;
νηλέες ἧμαρ; δώματα ναίων; πᾶσι δόλοισιν; οὐρανὸν ἵκει;
ἐν δ' ὄρος αὐτῇ; εἴδεται εἶναι; ὄφρα καὶ ὑμεῖς. (The last
two will seem odd; to fit the pattern, -αι has to be
treated as short - see above: correption).

Next, take some lines at random and read the last three
words trying to feel the rhythm of the last two feet and
working out the rhythm which comes before them from the
length of the vowels: e.g.

      –   –|– ∪   ∪|– –   ∪|– ∪ ∪|– ∪ ∪ |– –
      ἐκ κρητῆρος ἀφύσσων ; λιλαιομένη πόσιν εἶναι.

After some practice, take some lines and start at the begin-
ning of the line trying to feel the rhythm through to the
last three words whose rhythm you have established. You
will make quite a few mistakes at first and come across
one or two puzzling discrepancies but it is a skill
which comes quite quickly. When you become more confident,
try to let the rhythm come from the length of the syllables
rather than the imposed beat (ictus) with which readers
of modern poetry are familiar.

SELECT BIBLIOGRAPHY

Homer

W.A. Camps	*An Introduction to Homer,* Oxford, 1980.
C.M. Bowra	*Homer,* London, 1972.
C.A. Trypanis	*The Homeric Epic,* Warminster, (Aris and Philips), 1977.
G.S. Kirk	*Homer and the Epic,* Cambridge, 1965 (a shortened version of *The Songs of Homer).*
G. Murray	*The Rise of the Greek Epic,* Oxford, 1934.
C.M. Bowra	*Heroic Poetry,* London, 1952.
J.B. Hainsworth	*Homer* (New Surveys in the Classics, No.3), Oxford, 1969.
J. Griffin	*Homer,* Oxford, 1980. *Homer on Life and Death,* Oxford, 1980.

The Odyssey

M.I. Finley	*The World of Odysseus,* London, (Pelican) 1962.
D.L. Page	*The Homeric Odyssey,* Oxford, 1955.
J.H. Finley Jr.	*Homer's Odyssey,* Cambridge, Mass. and London, 1978.
W.B. Stanford	*The Ulysses Theme,* Oxford, 1963.

Commentaries

W.B. Stanford	*Odyssey i-xii* and *xiii-xxiv* (2 vols.) London, 1965.
G.M. Edwards	*Odyssey vi & vii,* Bristol, 1982 (repr. of CUP edn.: especially useful for beginners - with vocabulary).

Translations

Prose

> *Homer: The Odyssey* translated by E.V. Rieu, London (Penguin),
> 1946.

> *Homer: The Odyssey* translated by Walter Shewring, with an
> introduction by G.S. Kirk, Oxford, 1980.

Verse

> *The Odyssey of Homer* translated with an introduction by
> Richmond Lattimore, New York, 1965.

> *Homer: The Odyssey* translated by Robert Fitzgerald, London,
> 1962.

ODYSSEY IX

*Odysseus has escaped from the sea and has been re-
cieved at the court of King Alkinoos. At a great
feast Alkinoos asks him to tell the story of his
past. Odysseus reluctantly agrees.*

And clever odysseus, addressing him, answered

τὸν δ' ἀπαμειβόμενος προσέφη πολύμητις Ὀδυσσεύς

Lord Alkinoos, renowned of all

"'Ἀλκίνοε κρεῖον, πάντων ἀριδείκετε λαῶν,

Indeed this is a good thing to listen to a singer

ἦ τοι μὲν τόδε καλὸν ἀκουέμεν ἐστὶν ἀοιδοῦ

of such a kind as him equal to the gods in voice

τοιοῦδ' οἷος ὅδ' ἐστί, θεοῖς ἐναλίγκιος αὐδήν.

for I at least say that there is no result more pleasant than

5   οὐ γὰρ ἐγώ γέ τί φημι τέλος χαριέστερον εἶναι

when merriment over-takes all the company and

ἢ ὅτ' ἐϋφροσύνη μὲν ἔχῃ κατὰ δῆμον ἅπαντα,

guests and in the houses hear the minstrel

δαιτυμόνες δ' ἀνὰ δώματ' ἀκουάζωνται ἀοιδοῦ

sitting in order beside the table full of

ἥμενοι ἐξείης, παρὰ δὲ πλήθωσι τράπεζαι

food and meat and wine drawn off the mixing bowl

σίτου καὶ κρειῶν, μέθυ δ' ἐκ κρητῆρος ἀφύσσων

by the wine-steward and poured into the goblet

10   οἰνοχόος φορέῃσι καὶ ἐγχείῃ δεπάεσσι·

to this I say my mind this seems like a good thing

τοῦτό τί μοι κάλλιστον ἐνὶ φρεσὶν εἴδεται εἶναι.

τὸν: him (not 'the' –
  see Introduction).
ἀπαμείβομαι: answer.
πρόσφημι: address.
πολύμητις: wily, clever.
κρείων: lord.
ἀριδείκετος: renowned.
λαός: people.
ἦ τοι: indeed.
ἀκουέμεν = ἀκούειν.
τοιοῦδ᾽ οἷος: 'of such a
  kind as'.
ἀοιδός: minstrel.
ἐναλίγκιος: like.
αὐδή: voice.
ἐναλίγκιος αὐδήν: 'like
  in voice'.
5 τελος (neut.): completion,
  result.
χαρίεις: pleasant.
ὅτε: when.
ἐϋφροσύνη: merriment.
ἔχῃ κατὰ – κατέχω: have
  hold of, overtake.
5-6 δῆμος: people, company
  'For my part, I do not
  think (lit. say) that
  there is any more pleasant
  result than when merri-
  ment overtakes the entire
  company and ...'.
δαιτυμών: guest.
ἀνά + acc.: in.
δῶμα: house.
ἀκουάζομαι = ἀκούω
ἦμαι: sit.
ἐξείης: in order (also
  ἐξῆς).
παρά (advb.): 'beside
  (them)'.
πλήθω: be full of.
τράπεζα: table.
σῖτος: grain, food.
κρειῶν – κρέας: meat.
μέθυ: wine.
κρητήρ: mixing-bowl.
ἀφύσσω: draw off.
10 οἰνοχόος: wine steward
  (οἶνος, wine; χέω, pour).
φορέῃσι = φέρῃ – φέρω
ἐγχείῃ – ἐγχέω: pour in.

δέπας: goblet.
ἐνί = ἐν
φρένες: mind, midriff (the
  mind was thought to be
  near the midriff, not
  in the head).
εἴδομαι: seem.

Figure 1
*A drinking party: detail
from a kylix; 5th century
B.C.*

σοὶ δ' ἐμὰ κήδεα θυμὸς ἐπετράπετο στονόεντα
εἴρεσθ', ὄφρ' ἔτι μᾶλλον ὀδυρόμενος στεναχίζω·
τί πρῶτόν τοι ἔπειτα, τί δ' ὑστάτιον καταλέξω;
15 κήδε' ἐπεί μοι πολλὰ δόσαν θεοὶ οὐρανίωνες.

*Odysseus tells Alkinoos his name and describes
Ithaca, his birthplace.*

νῦν δ' ὄνομα πρῶτον μυθήσομαι, ὄφρα καὶ ὑμεῖς
εἴδετ', ἐγὼ δ' ἂν ἔπειτα φυγὼν ὕπο νηλεὲς ἧμαρ
ὑμῖν ξεῖνος ἔω καὶ ἀπόπροθι δώματα ναίων.
εἴμ' Ὀδυσεὺς Λαερτιάδης, ὃς πᾶσι δόλοισιν
20 ἀνθρώποισι μέλω, καί μευ κλέος οὐρανὸν ἵκει.
ναιετάω δ' Ἰθάκην εὐδείελον· ἐν δ' ὄρος αὐτῇ,
Νήριτον εἰνοσίφυλλον ἀριπρεπές· ἀμφὶ δὲ νῆσοι

κῆδος (neut.): care, woe.
θυμός: heart.
ἐπετράπετο - aor. mid.
  ἐπιτρέπω: turn, incline.
στονόεις: causing groans,
  sad.
εἴρεσθ' - εἴρομαι: ask.
ἀφρ' = ὄφρα: here = 'with
  the result that ...'.
στεναχίζω: grieve.

12- 'But your heart (σὸι ...
13 θυμὸς)has inclined to ask
  after my sad woes with
  the result that ...'.
τοι (particle): indeed.
ἔπειτα: then.
ὑστάτιον (advb.): last.
καταλέγω: narrate, tell.

15 δόσαν - aor. δίδωμι: give.
οὐρανίωνες: heavenly
  (οὐρανός: heaven).
ὄνομα: name.
μυθέομαι: tell.
ὄφρα: so that (purpose).
εἴδετε - pres. subj. οἶδα:
  know.
ὑπό + acc.: here = from.
νηλεής: ruthless, pitiless.
ἦμαρ = ἠμέρα: day.
ξεῖνος = ξένος: guest-friend
  (someone who under the divine
  laws of hospitality must be
  given certain kinds of pro-
  tection and help).
ἀπόπροθι (advb.): far away.
ναίω: dwell in

17- '... and so that I, when I
18 have escaped (*lit.* then having
  escaped) the day which is piti-
  less, may be your guest-friend
  even though I dwell in a home
  far away.'
Λαερτίαδης: son of Laertes.
δόλος: trick, cunning.

20 μέλω: *lit.* to be an object
  of attention, be well known.
μευ = μου
κλέος (neut.): fame.
οὐρανός: heaven.
ἵκω: reach (cf. ἱκνέομαι: come).
ναιετάω = ναίω
εὐδείελος: clear-seen.
ὄρος (neut.): mountain.
Νήριτον: Neriton (a mountain

on Itaca).
εἰνοσίφυλλος: with **rustling**
  leaves.
ἀριπρεπής: very noble,
  very splendid.
ἀμφί (advb.): round
  about.
νῆσος (fem.): island.

Figure 2
*Odysseus: oinochoe at-
tributed to the Brussels
painter; c.460 B.C.*

6

πολλαὶ ναιετάουσι μάλα σχεδὸν ἀλλήλῃσι,

Δουλίχιόν τε Σάμη τε καὶ ὑλήεσσα Ζάκυνθος·

25 αὐτὴ δὲ χθαμαλὴ πανυπερτάτη εἰν ἁλὶ κεῖται

πρὸς ζόφον, αἱ δέ τ' ἄνευθε πρὸς ἠῶ τ' ἠέλιόν τε,

τρηχεῖ', ἀλλ' ἀγαθὴ κουροτρόφος· οὔ τοι ἐγώ γε

ἧς γαίης δύναμαι γλυκερώτερον ἄλλο ἰδέσθαι.

Odysseus tells of his adventures with Calypso and
Circe and of his longings for home. He describes
the disastrous expedition against the Kikones.

Now truly in her centre Calypso kept me held goddess

ἦ μέν μ' αὐτόθ' ἔρυκε Καλυψώ, δῖα θεάων,

in a hollow cave   desires me to be a husband

30 ἐν σπέσσι γλαφυροῖσι, λιλαιομένη πόσιν εἶναι·

and so in the same way Circe held back in her halls

ὣς δ' αὔτως Κίρκη κατερήτυεν ἐν μεγάροισιν

her cunning   desires me to be a husband

Αἰαίη δολόεσσα, λιλαιομένη πόσιν εἶναι.

μάλα: very.

σχεδόν (advb.): near.

Δουλίχιον: Doulichion (an island near Ithaca).

Σάμη: Same (another island).

ὑλήεις: wooded.

Ζάκυνθος: Zakynthos (another island).

25 αὐτὴ δέ (Ἰθάκη) ...

χθαμαλός: low-lying (meaning uncertain).

πανυπέρτατος: last of all.

εἰν = ἐν

ἅλς: sea.

κεῖμαι: lie.

ζάφος: the dark quarter, the West.

αἱ δέ: 'but they (the other islands) ...'.

ἄνευθε: far away.

ἠώς: dawn, the East.

ἠέλιος = ἥλιος: sun.

τρηχεῖ' - fem. τρηχύς: rough, rugged.

κουροτρόφος: nurse for the young (κοῦρος: young man; τρόφος: nurse).

τοι (particle): indeed.

ἧς γαίης: 'than one's native land', lit. 'than his land'.

γλυκύς: sweet.

ἰδέσθαι - ἰδεῖν: aor. infin. ὁράω (εἴδω): see.

ἦ μέν: 'now truly ...'.

αὐτόθι: there = 'in her country' (not 'in Ithaca').

ἐρύκω: keep.

Καλυψώ: Calypso, a nymph.

δῖος: brilliant, holy.

30 σπέος (neut.), cave.

γλαφυρός: hollow.

γιγαίομαι: desire.

πόσις: husband.

ὥς: so.

αὔτως: in the same way.

Κίρκη: Circe, a witch.

κατερητύω: hold back.

μέγαρον: hall, palace.

Ἀιαίη: Aiaia (another name for Circe).

δολόεις: cunning (δόλος: trick).

Circe: lekythos by the Athena painter; 500-475 B.C.

But Ξ [handwritten annotation] hud heut ih my breast

ἀλλ' ἐμὸν οὔ ποτε θυμὸν ἐνὶ στήθεσσιν ἔπειθεν.
ὡς οὐδὲν γλύκιον ἧς πατρίδος οὐδὲ τοκήων
35 γίγνεται, εἴ περ καί τις ἀπόπροθι πίονα οἶκον
γαίῃ ἐν ἀλλοδαπῇ ναίει ἀπάνευθε τοκήων.
εἰ δ' ἄγε τοι καὶ νόστον ἐμὸν πολυκηδέ' ἐνίσπω,
ὅν μοι Ζεὺς ἐφέηκεν ἀπὸ Τροίηθεν ἰόντι.

Ἰλιόθεν με φέρων ἄνεμος Κικόνεσσι πέλασσεν,
40 Ἰσμάρῳ· ἔνθα δ' ἐγὼ πόλιν ἔπραθον, ὤλεσα δ' αὐτούς·
ἐκ πόλιος δ' ἀλόχους καὶ κτήματα πολλὰ λαβόντες
δασσάμεθ', ὡς μή τίς μοι ἀτεμβόμενος κίοι ἴσης.
ἔνθ' ἦ τοι μὲν ἐγὼ διερῷ ποδὶ φευγέμεν ἡμέας
ἠνώγεα, τοὶ δὲ μέγα νήπιοι οὐκ ἐπίθοντο.
45 ἔνθα δὲ πολλὸν μὲν μέθυ πίνετο, πολλὰ δὲ μῆλα
ἔσφαζον παρὰ θῖνα καὶ εἰλίποδας ἕλικας βοῦς.
τόφρα δ' ἄρ' οἰχόμενοι Κίκονες Κικόνεσσι γεγώνευν,

οὔ ποτε: never.
θυμός*: heart.
στῆθος (neut.): breast.
ὡς: since.
γλύκιον (γλυκύς): sweeter.
πατρίς: homeland.
τοκεύς: parent.
εἴ περ καὶ ...: 'even if ...'.
ἀπόπροθι (advb.): far off.
πίων: rich, *lit*. fat.
ἀλλοδαπός: foreign.
ναίω*:, dwell in.
ἀπάνευθε + gen.: far away
  from.
εἰ δ' ἄγε: 'come now' (an
  invariable formula).
νόστος: return.
πολυκηδής: much-troubled
  (κῆδος: care, woe).

37 ἐνίσπω - ἐννέπω: tell of
  'Come now indeed and let
  me tell of ...'.
ἐφέηκεν - aor. ἐφίημι: send
  upon.
ἄνεμος: wind.
Κικόνες: the Kikones.
πελάζω: bring near.
῎Ισμαρος: Ismaros.
ἔνθα: then or there.
ἔπραθον - aor. πέρθω: lay
  waste, ravage.
ὤλεσα - aor. ὄλλυμι: destroy,
  kill.
ἄλοχος: wife.
κτῆμα: possession.
δασσάμεθ' - aor. δατέομαι:
  divide up.
ὡς: in order that.
μοι: *translate as* indeed
  (ethic dat.).
ἀτέμβομαι: be cheated of.
κίω: go away.
ἴσης sc. μοίρας: 'of an
  equal share'.
ἦ τοι: indeed.
διερός: swift.
ἡμέας: 'our men', *lit*. us.
ἄνωγα: I command.
τοὶ δὲ ...: 'but they ...'.
μέγα (advb.): greatly.
νήπιος: foolish.
ἐπίθοντο - aor. πείθομαι: obey.

45 μέθυ*: wine.

πίνω: drink.
μῆλον: sheep.
σφάζω: slaughter.
θίς: shore.
εἰλίπους: with rolling
  gait.
ἕλιξ: with twisted or
  curved horns.
βοῦς: ox.
τόφρα (advb.): meanwhile.
ἄρα: indeed.
οἴχομαι: go forth.
γέγωνα: cry out, call out
  (perf. in form - pres.
  sense).

Figure 4
*A battle scene: from an
amphora of the Leagros
group; c.515 B.C.*

οἵ σφιν γείτονες ἦσαν ἅμα πλέονες καὶ ἀρείους

ἤπειρον ναίοντες, ἐπιστάμενοι μὲν ἀφ᾽ ἵππων

50 ἀνδράσι μάρνασθαι καὶ ὅθι χρὴ πεζὸν ἐόντα.

ἦλθον ἔπειθ᾽ ὅσα φύλλα καὶ ἄνθεα γίγνεται ὥρῃ,

ἠέριοι· τότε δή ῥα κακὴ Διὸς αἶσα παρέστη

ἡμῖν αἰνομόροισιν, ἵν᾽ ἄλγεα πολλὰ πάθοιμεν.

στησάμενοι δ᾽ ἐμάχοντο μάχην παρὰ νηυσὶ θοῇσι,

55 βάλλον δ᾽ ἀλλήλους χαλκήρεσιν ἐγχείῃσιν.

ὄφρα μὲν ἠὼς ἦν καὶ ἀέξετο ἱερὸν ἦμαρ,

τόφρα δ᾽ ἀλεξόμενοι μένομεν πλέονάς περ ἐόντας·

ἦμος δ᾽ ἠέλιος μετενίσσετο βουλυτόνδε,

καὶ τότε δὴ Κίκονες κλῖναν δαμάσαντες Ἀχαιούς.

60 ἓξ δ᾽ ἀφ᾽ ἑκάστης νηὸς ἐϋκνήμιδες ἑταῖροι

ὤλονθ᾽· οἱ δ᾽ ἄλλοι φύγομεν θάνατόν τε μόρον τε.

Odysseus and his companions set sail but Zeus sends
a great storm. They put in to the shore but eventually
leave again and are driven off course.

ἔνθεν δὲ προτέρω πλέομεν ἀκαχήμενοι ἦτορ,

ἄσμενοι ἐκ θανάτοιο, φίλους ὀλέσαντες ἑταίρους.

οὐδ᾽ ἄρα μοι προτέρω νῆες κίον ἀμφιέλισσαι,

65 πρίν τινα τῶν δειλῶν ἑτάρων τρὶς ἕκαστον ἀῦσαι,

οἳ θάνον ἐν πεδίῳ Κικόνων ὕπο δῃωθέντες.

νηυσὶ δ᾽ ἐπῶρσ᾽ ἄνεμον Βορέην νεφεληγερέτα Ζεὺς

λαίλαπι θεσπεσίῃ, σὺν δὲ νεφέεσσι κάλυψε

σφιν: to them.
γείτων: neighbour.
ἅμα: at the same time.
πλέονες: 'greater in number',
   lit. 'more'.
ἀρείους = ἀρείονες - ἀρείων:
   better.
ἤπειρος: land, mainland.
ναίω: dwell on.
ἐπίσταμαι: know how to.
50 μάρναμαι: fight.
ὅθι: where.
πεζός: on foot.
49- '... knowing how to fight
50   with men from horseback
     and where it was necessary
     to be on foot', *lit.* 'where
     it was necessary (for a man
     to fight) being on foot'.
ἔπειτα*: then.
ὅσα: 'in number as great as
   ...', *lit.* 'how many'.
φύλλον: leaf.
ἄνθος (neut.): flower.
ὥρη: the season, Spring.
ἠέριος: in the early
   morning.
τότε: then.
δή (particle): indeed.
ῥα = ἄρα
αἶσα: fate.
παρέστη - strong aor.
   παρίστημι: stand near;
   'took her stand near'.
αἰνόμορος: doomed to a sad
   end.
ἄλγος (neut.): pain.
πάθοιμεν - aor. optat. πάσχω:
   suffer.
στησάμενοι - aor. part. mid.
   ἵστημι: 'having set them-
   selves in position'.
παρά + dat.: beside.
νηυσί - dat. pl. ναύς: ship.
θοός: swift.
55 χαλκήρης: made of bronze.
ἐγχείη: spear.
ὄφρα ... τόφρα ...: 'as long
   as ... so long'.
ἠώς*: dawn, here = morning.
ἀέξετο - ἀέξω = αὐξάνω: grow,
   be on the increase.
ἱερός: holy.
ἦμαρ* = ἡμέρα: day.
ἀλέξω: keep off.

μένω: remain, stand one's
   ground.
περ = καίπερ: although.
ἦμος: when.
ἠέλιος = ἥλιος: sun.
μετανίσσομαι: go over to the
   other side, pass the zenith.
βουλυτόνδε: *lit.* 'toward the
   time of ox-loosing' (i.e.
   the evening when the plough-
   ing stops).
κλίνω: put to flight.
δαμάω: tame.
60 νηός - gen. ναύς: ship.
ἐΰκνήμις: well-greaved.
ἑταῖρος: companion.
ὥλονθ' - aor. ὄλλυμαι: be
   killed.
θάνατος: death.
μόρος: fate.
ἔνθεν: from there.
προτέρω (advb.): onwards.
πλέω: sail.
ἀκαχήμενοι - perf. part. pass.
   ἀχέω: grieve.
ἦτορ: heart.
ἄσμενος: glad.
   '... glad to have escaped
   death', *lit.* 'glad from
   death'.
ὀλέσαντες - aor. part. ὄλλυμι:
   destroy, lose.
κίω: go.
ἀμφιέλισσαι: rolling.
65 πρίν + infin.: before.
δειλός: wretched.
ἑτάρων = ἑταίρων
τρίς: three times.
αὔω: call upon '... before
   one of us (τινα) had cal-
   led upon each of my wretch-
   ed companions ...'.
πεδίον: plain.
δηϊόω: cut down, slay.
ἐπῶρσ' - aor. ἐπόρνυμι: stir
   up, rouse.
ἄνεμος*: wind.
Βορέας: Boreas, the North
   wind.
νεφεληγερέτα = νεφεληγερέτης:
   cloud-gatherer.
λαῖλαψ: storm.
θεσπέσιος: wondrous.
νέφος (neut.): cloud.
καλύπτω: hide.

12

the land and the sea at the same the *and night drops forth the heaven*

γαῖαν ὁμοῦ καὶ πόντον· ὀρώρει δ᾽ οὐρανόθεν νύξ.

70 αἱ μὲν ἔπειτ᾽ ἐφέροντ᾽ ἐπικάρσιαι, ἱστία δέ σφιν
τριχθά τε καὶ τετραχθὰ διέσχισεν ἲς ἀνέμοιο.
καὶ τὰ μὲν ἐς νῆας κάθεμεν, δείσαντες ὄλεθρον,
αὐτὰς δ᾽ ἐσσυμένως προερέσσαμεν ἠπειρόνδε.
ἔνθα δύω νύκτας δύο τ᾽ ἤματα συνεχὲς αἰεὶ

75 κείμεθ᾽, ὁμοῦ καμάτῳ τε καὶ ἄλγεσι θυμὸν ἔδοντες.
ἀλλ᾽ ὅτε δὴ τρίτον ἦμαρ ἐϋπλόκαμος τέλεσ᾽ ἠώς,
ἱστοὺς στησάμενοι ἀνά θ᾽ ἱστία λεύκ᾽ ἐρύσαντες
ἥμεθα· τὰς δ᾽ ἄνεμός τε κυβερνῆταί τ᾽ ἴθυνον.
καί νύ κεν ἀσκηθὴς ἱκόμην ἐς πατρίδα γαῖαν,

80 ἀλλά με κῦμα ῥόος τε περιγνάμπτοντα Μάλειαν
καὶ Βορέης ἀπέωσε, παρέπλαγξεν δὲ Κυθήρων.

γαῖα* = γῆ*: land, earth.
ὁμοῦ: at the same time.
πόντος: sea.
ὀρώρει - ὄρνυμι: *lit.* break
  forth - 'Night sprang from 80
  heaven' (Lattimore).
70 αἱ μὲν (νῆες) ... *lit.* 'They
  (the ships) ...'.
ἐπικάρσιος: cross-wise,
  sideways.
ἱστίον: sail.
τριχθά: into three parts.
τετραχθά: into four parts.
διασχίζω: split.
ἴς: force.
τὰ μὲν (ἱστία) ... *lit.*
  'them (the sails) ...'.
κάθεμεν - 1st pl. aor.
  καθίημι: take down.
δείδω: fear.
ὄλεθρος: destruction.
αὐτάς: i.e. τὰς ναῦς.
ἐσσυμένως: in haste.
προερέσσω: row on.
ἤπειρόνδε: 'towards the
  land' (the ending -δε
  = 'towards').
ἔνθα*: there.
συνεχὲς: continuously.
αἰεί = αεί: always.
75 κεῖμαι*: lie.
ὁμοῦ: at the same time.
κάματος: toil, weari-
  ness.
ἄλγος (neut.): pain,
  woe.
ἔδω: eat.
ἠώς: dawn.
ἐϋπλόκαμος: of the fair
  tresses.
τέλεσ' - aor. τελέω:
  accomplish, fashion.
ἱστός: mast.
στησάμενοι - aor. part. mid.
  ἵστημι: set up.
λευκός: white.
ἀνα ... ἐρύω: haul up.
ἧμαι*: sit down.
τὰς δ' (ναῦς) ...
κυβερνήτης: helmsman.
ἰθύνω: steer.
νύ = νῦν, now.

κεν = ἄν
ἱκόμην - ἱκνέομαι*: come.
ἀσκηθής: unharmed.
πατρίς: homeland.
κῦμα: wave.
ῥόος: current.
περιγνάμπτω: round (e.g.
  a headland).
Μάλεια: Maleia (a promontory
  in southern Greece).
ἀπέωσε - aor. ἀπωθέω: push
  away, drive away.
παραπλάζω: send off course
  past.
Κύθηρα: Kythera (an island
  off southern Greece).

Figure 5
Detail from kylix by
Nikosthenes; 525-520 B.C.

They arrive in the land of the Lotus-Eaters and
three of Odysseus' men taste the lotus.

ἔνθεν δ' ἐννῆμαρ φερόμην ὀλοοῖς ἀνέμοισι
πόντον ἐπ' ἰχθυόεντα· ἀτὰρ δεκάτῃ ἐπέβημεν
γαίης Λωτοφάγων, οἵ τ' ἄνθινον εἶδαρ ἔδουσιν.

85 ἔνθα δ' ἐπ' ἠπείρου βῆμεν καὶ ἀφυσσάμεθ' ὕδωρ,
αἶψα δὲ δεῖπνον ἕλοντο θοῇς παρὰ νηυσὶν ἑταῖροι.
αὐτὰρ ἐπεὶ σίτοιό τ' ἐπασσάμεθ' ἠδὲ ποτῆτος,
δὴ τότ' ἐγὼν ἑτάρους προΐειν πεύθεσθαι ἰόντας
οἵ τινες ἀνέρες εἶεν ἐπὶ χθονὶ σῖτον ἔδοντες,

90 ἄνδρε δύω κρίνας, τρίτατον κῆρυχ' ἅμ' ὀπάσσας.
οἱ δ' αἶψ' οἰχόμενοι μίγεν ἀνδράσι Λωτοφάγοισιν·
οὐδ' ἄρα Λωτοφάγοι μήδονθ' ἑτάροισιν ὄλεθρον
ἡμετέροις, ἀλλά σφι δόσαν λωτοῖο πάσασθαι.
τῶν δ' ὅς τις λωτοῖο φάγοι μελιηδέα καρπόν,

95 οὐκέτ' ἀπαγγεῖλαι πάλιν ἤθελεν οὐδὲ νέεσθαι,
ἀλλ' αὐτοῦ βούλοντο μετ' ἀνδράσι Λωτοφάγοισι
λωτὸν ἐρεπτόμενοι μενέμεν νόστου τε λαθέσθαι.
τοὺς μὲν ἐγὼν ἐπὶ νῆας ἄγον κλαίοντας ἀνάγκῃ,
νηυσὶ δ' ἐνὶ γλαφυρῇσιν ὑπὸ ζυγὰ δῆσα ἐρύσσας.

Odysseus orders his men to sea again and they approach
the land of the Cyclopes who are uncivilised creatures.

100 αὐτὰρ τοὺς ἄλλους κελόμην ἐρίηρας ἑταίρους

ἔνθεν: from there.
ἐννῆμαρ: for nine days.
ὀλοός: destructive.
πόντος*: sea.
ἐπί + acc.: over.
ἰχθυόεις: full of fish.
ἀτάρ: but.
δεκάτη (ἡμέρᾳ).
ἐπέβημεν - ἐπιβαίνω + gen.:
  land on.
Λωτοφάγος: Lotus-eater.
ἀνθινός: made from flowers,
  lit. flowery.
εἶδαρ: food.
ἔδω: eat.
85 ἤπειρος: land.
ἀφύσσω: draw.
ὕδωρ: water.
αἶψα: quickly.
δεῖπνον: meal.
ἕλοντο - aor. mid.
  αἱρέω: take.
θοός*: swift.
παρά + dat.: beside.
ἑταῖρος*: companion.
αὐτάρ: but.
σῖτος*: food.
ἐπασσάμεθ' - aor. πατέομαι:
  eat, partake of.
ἠδέ: and.
τοτῆς: drink.
προΐειν - 1st sing. imperf.
  προίημι: send ahead.
πεύθεσθαι - inf. from πεύθομαι
  = πυνθάνομαι: find out.
ἀνέρες = ἄνδρες
χθών: land.
90 κρίνω: separate, choose.
κῆρυξ: messenger.
ἅμα (advb.): at the same
  time, together.
ὀπάζω: send someone with
  someone else.
88- '... then indeed I sent my
90 companions ahead to go and
  find out (lit. going to find
  out) what men they might be
  who eat their food in (this)
  land, having chosen two men
  (dual) and having sent a
  third together with them
  as messenger.'

οἴχομαι: go forth.
μίγεν = ἐμίγησαν - aor.
  μίγνυμαι: mingle with.
μήδομαι: devise.
ὄλεθρος*: destruction.
σφι: to them.
δόσαν - aor. δίδωμι: give.
λωτοῖο: '(some) of the
  lotus'.
πατέομαι: partake of, eat.
τῶν δ' ὅς τις ...: 'And of
  these men whoever ...'.
μελιηδής: honey-sweet (μέλι:
  honey; ἡδύς: sweet).
καρπός: fruit.
95 οὐκέτι: no longer.
ἀπαγγέλλω: report.
πάλιν: back.
νέομαι: return.
αὐτοῦ (advb.): there.
ἐρέπτομαι: feed on.
μενέμεν = μένειν - μένω:
  remain.
νόστος: return.
λαθέσθαι - aor. inf. λανθάνομαι:
  forget.
τοὺς μὲν ἐγών ...: 'These
  men did I ...'.
ἄγω: bring.
κλαίω: weep.
ἀνάγκη: by force, lit.
  necessity.
γλαφυρός: hollow.
ὑπο + acc.: here = to.
ζυγόν: bench of a ship.
δέω: bind.
ἐρύω: haul, drag.
100 αὐτάρ*: but.
κέλομαι: command.
ἐρίηρος: trusty.

16

he had hurried to se on swiftly to the Ships

σπερχομένους νηῶν ἐπιβαινέμεν ὠκειάων,

lest he Somehow forget what he return.

μή πώς τις λωτοῖο φαγὼν νόστοιο λάθηται.

under arnick, set on board and sat on the thwarts bench

οἳ δ᾽ αἶψ᾽ εἴσβαινον καὶ ἐπὶ κληῖσι καθῖζον,

I sat in order to the oars to beat the grey sea

ἑξῆς δ᾽ ἑζόμενοι πολιὴν ἅλα τύπτον ἐρετμοῖς.

from there we sailed onward with heart grieving.

105   ἔνθεν δὲ προτέρω πλέομεν ἀκαχήμενοι ἦτορ.

Can to the land of the cyclps

Κυκλώπων δ᾽ ἐς γαῖαν ὑπερφιάλων ἀθεμίστων

trusted by the immortal gods

ἱκόμεθ᾽, οἳ ῥα θεοῖσι πεποιθότες ἀθανάτοισιν

which planted plants not with hand or plough

οὔτε φυτεύουσιν χερσὶν φυτὸν οὔτ᾽ ἀρόωσιν,

but at least unsow and ut plough all the plants

ἀλλὰ τά γ᾽ ἄσπαρτα καὶ ἀνήροτα πάντα φύονται,

wheat and barley and wine both with produced

110   πυροὶ καὶ κριθαὶ ἠδ᾽ ἄμπελοι, αἵ τε φέρουσιν

of fire stores and watered by kends in th from Zeus

οἶνον ἐρισταφύλον, καί σφιν Διὸς ὄμβρος ἀέξει.

And they have neither asserbly giving council on laws

τοῖσιν δ᾽ οὔτ᾽ ἀγοραὶ βουληφόροι οὔτε θέμιστες,

but they dwell high upto peak of Mountains

ἀλλ᾽ οἵ γ᾽ ὑψηλῶν ὀρέων ναίουσι κάρηνα

in a hollow Caves. and eachae

ἐν σπέσσι γλαφυροῖσι, θεμιστεύει δὲ ἕκαστος

makes rules. of their chidren, wives and care for eachother

115   παίδων ἠδ᾽ ἀλόχων, οὐδ᾽ ἀλλήλων ἀλέγουσι.

σπέρχομαι: hurry.
ἐπιβαινέμεν = ἐπιβαίνειν -
  ἐπιβαίνω: go on to, em-
  bark on.
ὠκύς: swift.
μή ...: 'lest ...'.
πως: somehow.
αἶψα*: quickly.
κληΐς: rowing-bench.
καθίζω: sit down.
ἐξῆς: in order.
ἕζομαι: sit.
πολιός: grey.
ἅλς: sea.
τύπτω: beat, smite.
ἐρετμόν: oar.
105 ἔνθεν: from there.
προτέρω (advb.): onwards.
πλέω*: sail.
ἀκαχήμενοι - perf. part.
  pass. ἀχέω: grieve.
ἦτορ*: heart.
ὑπερφίαλος: arrogant,
  outrageous.
ἀθέμιστος: lawless.
ἱκόμεθ' - ἱκνέομαι*: come.
πεποιθότες - perf. part.
  πείθω + dat.: trust.
ἀθάνατος: immortal.
φυτεύω: plant.
χερσίν - dat. plur. χείρ:
  hand.
φυτόν: a plant.
ἀρόω: plough.
ἄσπαρτος: unsown.
ἀνήροτος: unploughed.
φύομαι: grow.
110 πυρός: wheat.
κριθή: barley.
ἠδέ*: and.
ἄμπελος: vine.
φέρουσιν: here =
  yield or produce.
οἶνος: wine.
ἐπιστάφυλος: made of
  fine grapes.
σφιν: them.
ὄμβρος: rain.
ἀέξω: here = make to
  grow.
τοῖσιν δ' (εἰσίν) ...: 'And
  they have ...', lit. 'And to
  them there are ...'.
ἀγορά: assembly.

βουληφόρος: giving
  counsel (βουλή; φέρω).
θέμις: law.
ὑψηλός: high.
ὄρος* (neut.): mountain.
κάρηνον: peak.
σπέος* (neut.): cave.
γλαφυρός: hollow.
θεμιστεύω + gen.: make a
  rule for.
115 ἄλοχος: wife.
ἀλέγω + gen.: care for.

Figure 6
Litra of Naxos in Sicily;
420-403 B.C.

A description of the island which lies off-shore.

νῆσος ἔπειτα λάχεια παρὲκ λιμένος τετάνυσται
γαίης Κυκλώπων οὔτε σχεδὸν οὔτ' ἀποτηλοῦ,
ὑλήεσσ'· ἐν δ' αἶγες ἀπειρέσιαι γεγάασιν
ἄγριαι· οὐ μὲν γὰρ πάτος ἀνθρώπων ἀπερύκει,
120 οὐδέ μιν εἰσοιχνεῦσι κυνηγέται, οἵ τε καθ' ὕλην
ἄλγεα πάσχουσιν κορυφὰς ὀρέων ἐφέποντες.
οὔτ' ἄρα ποίμνῃσιν καταΐσχεται οὔτ' ἀρότοισιν,
ἀλλ' ἥ γ' ἄσπαρτος καὶ ἀνήροτος ἤματα πάντα
ἀνδρῶν χηρεύει, βόσκει δέ τε μηκάδας αἶγας.
125 οὐ γὰρ Κυκλώπεσσι νέες πάρα μιλτοπάρῃοι,
οὐδ' ἄνδρες νηῶν ἔνι τέκτονες, οἵ κε κάμοιεν
νῆας ἐϋσσέλμους, αἵ κεν τελέοιεν ἕκαστα
ἄστε' ἐπ' ἀνθρώπων ἱκνεύμεναι, οἷά τε πολλὰ
ἄνδρες ἐπ' ἀλλήλους νηυσὶν περόωσι θάλασσαν·

νῆσος* (fem.): island.

ἔπειτα: here = now (change of subject).

λάχεια: fertile (adj. only in fem. - meaning uncertain).

παρέκ + gen.: outside.

λιμήν: harbour.

τετάνυσται - perf. mid. intrans. τανύω: stretch, extend.

σχεδόν: near.

ἀποτηλοῦ (advb.): far away.

ὑλήεις: wooded.

αἴξ: goat.

ἀπειρέσιος: countless.

ἐν ... γεγάασιν - perf. ἐγγίγνομαι: be born in, here = dwell in.

ἄγριος: wild.

πάτος: path, tread.

ἀπερύκω: keep away.

120 μιν: it (= the island).

εἰσοιχνεῦσι = εἰσοιχνοῦσι - εἰσοιχνέω: visit.

κυνηγέτης: hunter.

ὕλη: wood, forest.

πάσχω: suffer.

κορυφή: peak.

ἐφέπω: make for.

ποίμνη: flock.

καταΐσχεται = κατέχεται: 'is it occupied' lit. 'is it held'.

ἄροτος: ploughed land.

ἤ (νῆσος) ...

ἄσπαρτος: unsown.

ἀνήροτος: unploughed.

χηρεύω + gen.: be bereaved of, be empty of.

βόσκω: feed.

μηκάς: bleating.

125 νέες = νῆες - nom. pl. ναῦς

πάρα = πάρεισι

μιλτοπάρῃος: red-cheeked.

ἔνι = ἔνεισι

τέκτων: builder.

κε = ἄν

κάμνω: toil, fashion.

ἐΰσσελμος: well-benched.

τελέω: accomplish

ἄστυ: city.

οἷά τε πολλὰ ...: 'as

127 -9

frequently ...'.

περάω: cross.

θάλασσα: sea.

'... which could have accomplished journeys to the various cities of men, as frequently men do cross the sea ...', lit. 'which could have accomplished to come to each of the cities of men ...'.

Figure 7
Didrachm of Paros;
c. 250 B.C.

130 οἵ κέ σφιν καὶ νῆσον ἐϋκτιμένην ἐκάμοντο.

οὐ μὲν γάρ τι κακή γε, φέροι δέ κεν ὥρια πάντα·

ἐν μὲν γὰρ λειμῶνες ἁλὸς πολιοῖο παρ᾽ ὄχθας

ὑδρηλοὶ μαλακοί· μάλα κ᾽ ἄφθιτοι ἄμπελοι εἶεν.

ἐν δ᾽ ἄροσις λείη· μάλα κεν βαθὺ λήϊον αἰεὶ

135 εἰς ὥρας ἀμῷεν, ἐπεὶ μάλα πῖαρ ὑπ᾽ οὖδας.

ἐν δὲ λιμὴν εὔορμος, ἵν᾽ οὐ χρεὼ πείσματός ἐστιν,

οὔτ᾽ εὐνὰς βαλέειν οὔτε πρυμνήσι᾽ ἀνάψαι,

ἀλλ᾽ ἐπικέλσαντας μεῖναι χρόνον εἰς ὅ κε ναυτέων

θυμὸς ἐποτρύνῃ καὶ ἐπιπνεύσωσιν ἄηται.

Odysseus and his men sail into the harbour under

cover of darkness. At dawn they leave on a hunt-

ing expedition and feast when they return.

140 αὐτὰρ ἐπὶ κρατὸς λιμένος ῥέει ἀγλαὸν ὕδωρ,

κρήνη ὑπὸ σπείους· περὶ δ᾽ αἴγειροι πεφύασιν.

ἔνθα κατεπλέομεν, καί τις θεὸς ἡγεμόνευε

νύκτα δι᾽ ὀρφναίην, οὐδὲ προὔφαινετ᾽ ἰδέσθαι·

ἀὴρ γὰρ περὶ νηυσὶ βαθεῖ᾽ ἦν, οὐδὲ σελήνη

145 οὐρανόθεν προὔφαινε, κατείχετο δὲ νεφέεσσιν.

ἔνθ᾽ οὔ τις τὴν νῆσον ἐσέδρακεν ὀφθαλμοῖσιν·

οὐδ᾽ οὖν κύματα μακρὰ κυλινδόμενα προτὶ χέρσον

ἐσίδομεν, πρὶν νῆας ἐϋσσέλμους ἐπικέλσαι.

κελσάσῃσι δὲ νηυσὶ καθείλομεν ἱστία πάντα,

150 ἐκ δὲ καὶ αὐτοὶ βῆμεν ἐπὶ ῥηγμῖνι θαλάσσης·

σφιν: them (= ships).
ἐϋκτίμενος: well-settled.
οἵ κέ ... ἐκάμοντο: 'Those
  men could have fashioned
  ...'.
οὐ ... τι: 'not at all'.
κεν = ἄν
ὥριος: in season.
ἐν μὲν γὰρ ...: 'For in
  (it) there are ...'.
λειμών: meadow.
ὄχθη: shore.
ὑδρηλός: damp.
μαλακός: soft.
μάλα: very, very much.
ἄφθιτος: untouched by
  decay.
ἄμπελος: vine.
ἄροσις: plough-land.
λεῖος: smooth, level.
βαθύς: deep, plentiful.
λήϊον: crop.

135 αἰεὶ εἰς ὥρας: 'constantly
  as the seasons come'.
κεν ... ἀμῷεν ...: 'men
  could harvest ...' (optat.
  ἀμάω).
πῖαρ: richness.
ὑπό + acc.: beneath.
οὖδας: surface.
λιμήν: harbour.
εὔορμος: with good
  anchorage.
ἵνα: where.
χρεώ ... ἐστιν: 'there is
  need'.
πεῖσμα: cable.
εὐνή: weight-anchor,
  lit. bed.
πρυμνήσια (neut. pl.):
  stern-hawsers.
ἀνάπτω: fasten.
ἐπικέλλω: beach a ship.
μεῖναι - aor. infin. μένω*:
  remain, wait.
εἰς ὅ: until.
ἐποτρύνω: stir up, rouse.
ἐπιπνέω: blow.
ἀήτης: breeze

138
-9 '... but it is needful
  for men (sc. χρεὼ ἐστι)
  having beached their ships
  to wait until the hearts

of the sailors may
rouse them and the breezes
  blow'.
140 ἐπί + gen.: at.
ἰκράς: head.
ῥέω: flow.
ἀγλαός: bright.
ὕδωρ*: water.
κρήνη: spring.
ὑπὸ σπείους: 'beneath a
  cave' (σπεῖος = σπέος:
  cave).
αἴγειρος: poplar.
περί ... φύω: grow around.
καταπλέω: sail in.
ἡγεμονεύω: lead.
ὀρφναῖος: murky.
προφαίνω: show or shine.
οὐδὲ προὔφαινετ᾽ ἰδέσθαι:
  'nor did (anything) show to
  look at'.
ἀήρ: lower air, mist.
βαθύς*: deep, thick.
σελήνη: moon.
145 οὐρανόθεν: from heaven.
κατέχω: hold, enclose,
  obscure.
νέφος (neut.): cloud.
ἐσέδρακεν - aor. εἰσδέρκομαι:
  look upon.
ὀφθαλμός*: eye.
κῦμα*: wave.
μακρός: large, long.
κυλίνδω: roll.
προτί = πρός + acc.
χέρσος (fem.): dry land,
  shore.
ἐσίδομεν - aor. εἰσοράω:
  see.
πρίν + inf.: before.
ἐΰσσελμος: well-benched.
ἐπικέλλω: beach a ship.
κελσάσῃσι δὲ νηυσί ...:
  'when our ships had beached
  ...'.
καθείλομεν - aor. καθαιρέω:
  take down.
ἱστίον*: sail.
150 ῥηγμίς: breakers, edge.

22

one then -- u fell asleep, waiting for holy light.

ἔνθα δ' ἀποβρίξαντες ἐμείναμεν Ἠῶ δῖαν.

ἦμος δ' ἠριγένεια φάνη ῥοδοδάκτυλος Ἠώς,
νῆσον θαυμάζοντες ἐδινεόμεσθα κατ' αὐτήν.
ὦρσαν δὲ νύμφαι, κοῦραι Διὸς αἰγιόχοιο,
155 αἶγας ὀρεσκῴους, ἵνα δειπνήσειαν ἑταῖροι.
αὐτίκα καμπύλα τόξα καὶ αἰγανέας δολιχαύλους
εἱλόμεθ' ἐκ νηῶν, διὰ δὲ τρίχα κοσμηθέντες
βάλλομεν· αἶψα δ' ἔδωκε θεὸς μενοεικέα θήρην.
νῆες μέν μοι ἕποντο δυώδεκα, ἐς δὲ ἑκάστην
160 ἐννέα λάγχανον αἶγες· ἐμοὶ δὲ δέκ' ἔξολον οἴῳ.
ὣς τότε μὲν πρόπαν ἦμαρ ἐς ἠέλιον καταδύντα
ἥμεθα δαινύμενοι κρέα τ' ἄσπετα καὶ μέθυ ἡδύ.
οὐ γάρ πω νηῶν ἐξέφθιτο οἶνος ἐρυθρός,
ἀλλ' ἐνέην· πολλὸν γὰρ ἐν ἀμφιφορεῦσιν ἕκαστοι
165 ἠφύσαμεν Κικόνων ἱερὸν πτολίεθρον ἑλόντες.

ἀποβρίζω: fall asleep.
ἐμείναμεν - aor. μένω*:
  remain, wait for.
δῖος*: brilliant, holy.
ἦμος*: when
ἠριγένεια: child of the
  morning.
φάνη - φαίνομαι: appear.
ῥοδοδάκτυλος: rosy-
  fingered.
θαυμάζω: be amazed.
δινέομαι: roam about.
ὦρσαν - aor. ὄρνυμι:
  stir up, rouse.
κούρη: daughter.
αἰγίοχος: aegis-
  bearing.
155 αἶξ: goat.
ὀρεσκῷος: of the mountains,
  (ὄρος: mountain).
δειπνέω: dine, feast.
αὐτίκα: straightway.
καμπύλος: curved.
τόξον: bow.
αἰγανέη: hunting spear.
δολίχαυλος: long-
  socketed.
εἱλόμεθ' - aor. αἱρέομαι:
  choose, take.
τρίχα: 'in three parties'.
δια ... κοσμέω: arrange.
βάλλομεν (imperf.): 'we
  kept hurling them'.
μενοεικής: satisfying,
  plentiful.
θήρη: prey.
ἕπομαι: follow, accompany.
160 λαγχάνω: fall by lot.
ἔξελον - aor. ἐξαιρέω:
  '(my men) choose ...'.
οἶος: alone.
ὧς: thus.
τότε*: then.
πρόπας: all.
καταδύω: go down, set.
δαινύμαι: feast.
κρέας: meat.
ἄσπετος: inexhaustible,
  in boundless quantity.
ἡδύς: sweet.
πω: yet.
ἐκφθίνω: consume.
οἶνος*: wine.

ἐρυθρός: red.
ἀλλ' ἐνέην: 'but some re-
  mained', lit. 'but there
  was (wine) in (the ships)'.
ἀμφιφορεύς: two handled
  jar.
165 ἀφύσσω: draw off.
ἱερός: holy.
ἑλόντες - aor. part.
  αἱρέω: take.
πτολίεθρον: city.

Figure 8
  Stater of Caulonia in
  Sicily; c. 400 B.C.

Κυκλώπων δ' ἐς γαῖαν ἐλεύσσομεν ἐγγὺς ἐόντων,

καπνόν τ' αὐτῶν τε φθογγὴν ὀΐων τε καὶ αἰγῶν.

ἦμος δ' ἠέλιος κατέδυ καὶ ἐπὶ κνέφας ἦλθε,

δὴ τότε κοιμήθημεν ἐπὶ ῥηγμῖνι θαλάσσης.

Next day Odysseus with some of his companions sets
off in his ship to explore the mainland. They catch
sight of a lofty cave near the sea.

170 ἦμος δ' ἠριγένεια φάνη ῥοδοδάκτυλος Ἠώς,

καὶ τότ' ἐγὼν ἀγορὴν θέμενος μετὰ πᾶσιν ἔειπον·

"ἄλλοι μὲν νῦν μίμνετ', ἐμοὶ ἐρίηρες ἑταῖροι·

αὐτὰρ ἐγὼ σὺν νηΐ τ' ἐμῇ καὶ ἐμοῖς ἑτάροισιν

ἐλθὼν τῶνδ' ἀνδρῶν πειρήσομαι, οἵ τινές εἰσιν,

175 ἦ ῥ' οἵ γ' ὑβρισταί τε καὶ ἄγριοι οὐδὲ δίκαιοι,

ἦε φιλόξεινοι, καί σφιν νόος ἐστὶ θεουδής."

ὣς εἰπὼν ἀνὰ νηὸς ἔβην, ἐκέλευσα δ' ἑταίρους

αὐτούς τ' ἀμβαίνειν ἀνά τε πρυμνήσια λῦσαι.

οἱ δ' αἶψ' εἴσβαινον καὶ ἐπὶ κληῖσι καθῖζον,

180 ἑξῆς δ' ἑζόμενοι πολιὴν ἅλα τύπτον ἐρετμοῖς.

ἀλλ' ὅτε δὴ τὸν χῶρον ἀφικόμεθ' ἐγγὺς ἐόντα,

ἔνθα δ' ἐπ' ἐσχατιῇ σπέος εἴδομεν, ἄγχι θαλάσσης,

ὑψηλόν, δάφνῃσι κατηρεφές· ἔνθα δὲ πολλὰ

μῆλ', ὄϊές τε καὶ αἶγες ἰαύεσκον· περὶ δ' αὐλὴ

185 ὑψηλὴ δέδμητο κατωρυχέεσσι λίθοισι

μακρῇσίν τε πίτυσσιν ἰδὲ δρυσὶν ὑψικόμοισιν.

λεύσσω: look at.
ἐγγύς: nearby.
καπνός: smoke.
φθογγή: sound.
ὄϊς: sheep.
κνέφας: darkness.
κοιμάομαι: fall asleep.
ῥηγμίς: breakers, edge.
170 ἠριγένεια*: child of the
    morning.
ῥοδοδάκτυλος*: rosy-
    fingered.
ἀγορή: meeting.
θέμενος - aor. part.
    τίθημι: set, arrange.
μίμνω: remain behind.
ἐρίηρος*: trusty.
πειράομαι: try, make trial
    of.
οἵ τινές εἰσιν, ἦ ῥ' οἵ ...
    ἦε ...: '(to see) who
    they are, whether they
    (are) ... or ...'.
175 ὑβριστής: aggressive.
ἄγριος: wild.
φιλόξεινος: friendly to
    strangers (φίλος; ξεῖνος).
νόος = νοῦς: mind,
    character.
θεουδής: god-fearing
    (θεός; δέος: fear).
ἀνά ... ἔβην - aor.
    ἀναβαίνω: embark.
ἀμβαίνειν = ἀναβαίνειν
ἀνά ... λῦσαι
πρυμνήσια* (neut. pl.):
    stern-hawsers.
κληΐς: rowing bench.
καθίζω: sit down.
180 ἑξῆς* (advb.): in order.
ἕζομαι*: sit.
πολιός: grey.
τύπτω: beat, smite.
ἐρετμόν*: oar.
χῶρος: place, land.
ἐγγύς: nearby.
ἐσχατίη: furthest
    point.
εἴδομεν - aor. ὁράω: see.
ἄγχι + gen.: near.
ὑψηλός: high.
δάφνη: laurel.
κατηρεφής: shaded.

μῆλον*: sheep, flock.
ἰαύω: sleep.
περί (advb.): round about.
αὐλή: yard.
185 δέδμητο - plup. pass.
    δέμω: build.
κατῶρυξ (adj.): embedded in
    the earth.
λίθος: stone.
μακρός: long, tall.
πίτυς: pine-tree.
ἰδέ: and.
δρῦς: oak-tree.
ὑψίκομος: with lofty
    foliage (ὄψι: aloft;
    κόμη: hair, foliage).

The cave is the home of a huge, inhuman creature.
Odysseus with twelve companions goes up to the
cave taking with him a skin of sweet wine, one
of several presents from Maron.

ἔνθα δ' ἀνὴρ ἐνίαυε πελώριος, ὅς ῥά τε μῆλα
οἶος ποιμαίνεσκεν ἀπόπροθεν· οὐδὲ μετ' ἄλλους
πωλεῖτ', ἀλλ' ἀπάνευθεν ἐὼν ἀθεμίστια ᾔδη.
190 καὶ γὰρ θαῦμ' ἐτέτυκτο πελώριον, οὐδὲ ἐῴκει
ἀνδρί γε σιτοφάγῳ, ἀλλὰ ῥίῳ ὑλήεντι
ὑψηλῶν ὀρέων, ὅ τε φαίνεται οἶον ἀπ' ἄλλων.
δὴ τότε τοὺς ἄλλους κελόμην ἐρίηρας ἑταίρους
αὐτοῦ πὰρ νηΐ τε μένειν καὶ νῆα ἔρυσθαι·
195 αὐτὰρ ἐγὼ κρίνας ἑτάρων δυοκαίδεκ' ἀρίστους
βῆν· ἀτὰρ αἴγεον ἀσκὸν ἔχον μέλανος οἴνοιο,
ἡδέος, ὅν μοι δῶκε Μάρων, Εὐάνθεος υἱός,

πελώριος: monstrous
  (πέλωρ: monster).
ῥά = ἄρα (particle):
  indeed.
οἶος: alone.
ποιμαίνω: tend.
ἀπόπροθεν (advb.): far
  away.
πωλέομαι: go about.
ἀπάνευθεν (advb.): apart.
ἀθεμίστια ἤδη: 'he practised
  lawlessness', *lit.* 'he knew
  lawless things'.
190 θαῦμα (neut.): wonder.
ἐτέτυκτο - plup. pass.
  τεύχω: make, fashion.
  'For he had been fashioned
  (like) a monstrous wonder'.
ἐῴκει - plup. ἔοικα (perf.
  in form): be like.
σιτοφάγος: bread-eating.
ῥίον: peak.
φαίνομαι*: appear.
οἶος: alone, apart.
δή (particle): indeed.
κέλομαι: command.
αὐτοῦ*: there.
πάρ' = παρά: beside.
ἐρύομαι: guard.
195 κρίνω: choose.
αἰγέος (adj.): of a goat
  (αἴξ: goat).
ἀσκός: skin.
μέγας: black, dark.
ἡδύς*: sweet.
δῶκε - δίδωμι: give.

28

ἱρεὺς Ἀπόλλωνος, ὃς Ἴσμαρον ἀμφιβεβήκει,
οὕνεκά μιν σὺν παιδὶ περισχόμεθ᾽ ἠδὲ γυναικὶ
200 ἁζόμενοι· ᾤκει γὰρ ἐν ἄλσεϊ δενδρήεντι
Φοίβου Ἀπόλλωνος. ὁ δέ μοι πόρεν ἀγλαὰ δῶρα·
χρυσοῦ μέν μοι δῶκ᾽ εὐεργέος ἑπτὰ τάλαντα
δῶκε δέ μοι κρητῆρα πανάργυρον, αὐτὰρ ἔπειτα
οἶνον ἐν ἀμφιφορεῦσι δυώδεκα πᾶσιν ἀφύσσας
205 ἡδὺν ἀκηράσιον, θεῖον ποτόν· οὐδέ τις αὐτὸν
ἠείδη δμώων οὐδ᾽ ἀμφιπόλων ἐνὶ οἴκῳ,
ἀλλ᾽ αὐτὸς ἄλοχός τε φίλη ταμίη τε μί᾽ οἴη.
τὸν δ᾽ ὅτε πίνοιεν μελιηδέα οἶνον ἐρυθρόν,
ἓν δέπας ἐμπλήσας ὕδατος ἀνὰ εἴκοσι μέτρα
210 χεῦ᾽, ὀδμὴ δ᾽ ἡδεῖα ἀπὸ κρητῆρος ὀδώδει,
θεσπεσίη· τότ᾽ ἂν οὔ τοι ἀποσχέσθαι φίλον ἦεν.
τοῦ φέρον ἐμπλήσας ἀσκὸν μέγαν, ἐν δὲ καὶ ἦα
κωρύκῳ· αὐτίκα γάρ μοι ὀΐσατο θυμὸς ἀγήνωρ
ἄνδρ᾽ ἐπελεύσεσθαι μεγάλην ἐπιειμένον ἀλκήν,
215 ἄγριον, οὔτε δίκας εὖ εἰδότα οὔτε θέμιστας.

They enter the cave and gaze round at the cheese,
the sheep-pens, the animals and the buckets for
milking. Odysseus' companions urge him to take
some cheeses and go.

καρπαλίμως δ᾽ εἰς ἄντρον ἀφικόμεθ᾽, οὐδέ μιν ἔνδον
εὕρομεν, ἀλλ᾽ ἐνόμευε νομὸν κάτα πίονα μῆλα.
ἐλθόντες δ᾽ εἰς ἄντρον ἐθηεύμεσθα ἕκαστα·

ἱρεύς = ἱερεύς: priest.
ἀμφιβαίνω: protect.
οὕνεκα: because.
μιν: him.
περισχόμεθ' aor. mid.
  περιέχω: defend.
200 ἅζομαι: feel respect for.
ᾤκει - imperf. οἰκέω: dwell.
ἄλσος (neut.): grove.
δενδρήεις: wooded.
πόρω: offer, present.
ἀγλαός: bright, splendid.
εὐεργής: well-wrought.
τάλαντον: a talent (weight).
κρητήρ: mixing-bowl.
πανάργυρος: all of silver.
ἀμφιφορεύς: two-handled
  jar.
205 ἀκηράσιος: unmixed.
θεῖος: divine.
πότον: drink.
ἠείδη = ᾔδη: used as
  imperf. of οἶδα.
αὐτὸν ἠείδη: 'knew that he
  was doing this', lit. 'knew
  him (doing this)'.
δμώς: slave.
ἀμφίπολος: servant.
ἀλλ' αὐτὸς (ἠείδη) ...: 'But
  he himself (knew) ...'.
ἄλοχος: wife.
ταμίη: housekeeper.
208 'And when men drank the ...,
  he ...'.
μιλιηδής: honey-sweet.
ἐρυθρός: red.
δέπας: goblet.
ἐμπίπλημι: fill up.
ἀνά: here = into.
μέτρον: measure.
210 χεῦ' - imperf. χεύω = χέω:
  pour
209 'he, having filled one gob-
-10 let, poured it into twenty
  measures of water ...'.
ὀδμή: aroma.
ὀδώδει - 3rd sing. plup. (with
  imperf. sense) ὄζω: waft.
θεσπέσιος: wondrous.
ἀποσχέσθαι - aor. infin.
  ἀπέχομαι: abstain.
211 'Then would there be no

pleasure in abstaining.
τοῦ (οἴνου) ...
ἀσκός: skin.
ᾖα: provisions.
κώρυκος: sack.
ἐν δὲ καὶ ᾖα (φέρον) κωρύκῳ
αὐτίκα*: straightway.
οἴσατο - οἴομαι: think.
ἀγήνωρ: manly.
ἐπελεύσεσθαι - fut.inf.
  ἐπέρχομαι: come.
ἐπιειμένον - perf. part.
  ἐπιέννυμαι: be clothed.
ἀλκή: might.
μεγάλην ἐπιειμένον ἀλκήν:
  'clad in great might',
  lit. 'clothed in respect
  of great might'.
215 ἄγριος: wild.
  '... neither acknowledging
  (lit. knowing well)
  justice nor laws'.
καρπαλίμως: quickly.
ἄντρον: cave.
ἀφικνέομαι: arrive,
  come in.
ἔνδον: inside.
νομεύω: graze.
νομός: pasture-land.
νομὸν κάτα: 'in the pasture-
  land'.
πίων*: fat.
ἐθηεύμεσθα = ἐθεώμεθα -
  imperf. θεάομαι: gaze at.

ταρσοὶ μὲν τυρῶν βρῖθον, στείνοντο δὲ σηκοὶ

220 ἀρνῶν ἠδ' ἐρίφων· διακεκριμέναι δὲ ἕκασται
ἔρχατο, χωρὶς μὲν πρόγονοι, χωρὶς δὲ μέτασσαι,
χωρὶς δ' αὖθ' ἕρσαι· ναῖον δ' ὀρῷ ἄγγεα πάντα,
γαυλοί τε σκαφίδες τε, τετυγμένα, τοῖς ἐνάμελγεν.
ἔνθ' ἐμὲ μὲν πρώτισθ' ἕταροι λίσσοντο ἔπεσσι

225 τυρῶν αἰνυμένους ἰέναι πάλιν, αὐτὰρ ἔπειτα
καρπαλίμως ἐπὶ νῆα θοὴν ἐρίφους τε καὶ ἄρνας
σηκῶν ἐξελάσαντας ἐπιπλεῖν ἁλμυρὸν ὕδωρ·

*Odysseus refuses and they wait for the monster to
return with his sheep and goats. He closes the
entrance with a mighty rock.*

ἀλλ' ἐγὼ οὐ πιθόμην, ἦ τ' ἂν πολὺ κέρδιον ἦεν,
ὄφρ' αὐτόν τε ἴδοιμι, καὶ εἴ μοι ξείνια δοίη.

230 οὐδ' ἄρ' ἔμελλ' ἑτάροισι φανεὶς ἐρατεινὸς ἔσεσθαι.
ἔνθα δὲ πῦρ κήαντες ἐθύσαμεν ἠδὲ καὶ αὐτοὶ
τυρῶν αἰνύμενοι φάγομεν, μένομέν τέ μιν ἔνδον
ἥμενοι ἧος ἐπῆλθε νέμων· φέρε δ' ὄβριμον ἄχθος
ὕλης ἀζαλέης, ἵνα οἱ ποτιδόρπιον εἴη.

235 ἔντοσθεν δ' ἄντροιο βαλὼν ὀρυμαγδὸν ἔθηκεν·
ἡμεῖς δὲ δείσαντες ἀπεσσύμεθ' ἐς μυχὸν ἄντρου.
αὐτὰρ ὅ γ' εἰς εὐρὺ σπέος ἤλασε πίονα μῆλα,
πάντα μάλ' ὅσσ' ἤμελγε, τὰ δ' ἄρσενα λεῖπε θύρηφιν,
ἀρνειούς τε τράγους τε, βαθείης ἐκτοθεν αὐλῆς.

ταρσός: crate.
τυρός: cheese.
βρίθω + gen.: be heavy
with.
στείνομαι: be full of.
σηκός: pen.
220 ἄρνες: lambs.
ἔριφος: kid.
διακρίνω: separate.
ἔρχατο - 3rd pl. plup.
pass.: confine.
χωρὶς μὲν ... χωρὶς δὲ
...: 'on one side ...
on the other ...'.
πρόγονος: early-born.
μέτασσαι: later-born.
αὖθ᾽ - αὖτε: again.
ἔρση: late-born.
ναίω: be full.
ὀρός: whey.
ἄγγος (neut.): vessel.
γαυλός: milk-pail.
σκαφίς: bowl.
τετυγμένα - perf. part.
pass. τεύχω: fashion.
τοῖς (relative): 'into
which ...'.
ἐναμέλγω: milk.
πρώτισθ᾽ - πρώτιστα (advb.):
first of all.
λίσσομαι: beg.
ἔπος (neut.): word.
225 αἴνυμαι + gen.: seize.
... ἐμὲ ... λίσσοντο ...
τυρῶν αἰνυμένους ἰέναι
πάλιν: 'they begged me
that (they), seizing the
cheeses, should go back
...'.
αὐτάρ: but, moreover.
καρπαλίμως*: quickly.
ἐξελάσαντας - aor. part.
ἐξελαύνω: drive out.
ἐπιπλέω: sail over.
ἁλμυρός: salty.
πιθόμην - aor. πείθομαι:
obey.
ἦ: truly.
κέρδιον: better.
228 '..., truly it would have
been much better (if I
had), ...'.
ὄφρα*: in order that.

... καὶ εἴ ...: and (see)
if he ...
ξείνια: guest-gifts (part
of the hospitality a
ξένος had a right to
expect).
230 ἐρατεινός: pleasant.
οὐδ᾽ ... ἔμελλ᾽ ... φανεὶς
... ἔσεσθαι: 'But he, when
be appeared (lit. having
appeared), was not going
to be ...'.
πῦρ*: fire.
κήαντες - aor. part. καίω:
kindle.
θύω: sacrifice.
ἔνδον: inside.
ἧος ἐπῆλθε νέμων: 'until he
returned from herding'.
ὄβριμος: mighty.
ἄχθος (neut.): weight.
οἱ: for him.
ποτιδόρπιος: for supper.
234 'so that it might be there
for his supper-time'.
235 ἔντοσθεν + gen.: inside.
ἄντρον*: cave.
ὀρυμαγδὸν ἔθηκεν: 'he put
it down with a crash', lit.
he put down a crash.
δείδω*: fear.
ἀπεσσύμεθ᾽ - aor. ἀποσεύομαι:
run away, dart away.
μυχός: inner part.
εὐρύς: broad.
ἤλασε - aor. ἐλαύνω: drive.
πάντα μάλ᾽ ὅσσ᾽ ἤμελγε: 'all
those he used to milk'.
ἄρσην: male.
θύρηφιν (advb.): outside.
ἀρνειός: ram.
τράγος: goat.

32

240 αὐτὰρ ἔπειτ᾽ ἐπέθηκε θυρεὸν μέγαν ὑψόσ᾽ ἀείρας,

ὄβριμον· οὐκ ἂν τόν γε δύω καὶ εἴκοσ᾽ ἄμαξαι

ἐσθλαὶ τετράκυκλοι ἀπ᾽ οὔδεος ὀχλίσσειαν·

τόσσην ἠλίβατον πέτρην ἐπέθηκε θύρῃσιν.

ἑζόμενος δ᾽ ἤμελγεν ὄις καὶ μηκάδας αἶγας,

245 πάντα κατὰ μοῖραν, καὶ ὑπ᾽ ἔμβρυον ἧκεν ἑκάστῃ.

αὐτίκα δ᾽ ἥμισυ μὲν θρέψας λευκοῖο γάλακτος

πλεκτοῖς ἐν ταλάροισιν ἀμησάμενος κατέθηκεν,

ἥμισυ δ᾽ αὖτ᾽ ἔστησεν ἐν ἄγγεσιν, ὄφρα οἱ εἴη

πίνειν αἰνυμένῳ καί οἱ ποτιδόρπιον εἴη.

The monster catches sight of Odysseus and his
men and in a frightful voice asks them who they
are. Odysseus replies and they present them-
selves as suppliants under the protection of Zeus.

250 αὐτὰρ ἐπεὶ δὴ σπεῦσε πονησάμενος τὰ ἃ ἔργα,

καὶ τότε πῦρ ἀνέκαιε καὶ ἔσιδεν, εἴρετο δ᾽ ἡμέας·

"ὦ ξεῖνοι, τίνες ἐστέ; πόθεν πλεῖθ᾽ ὑγρὰ κέλευθα;

ἦ τι κατὰ πρῆξιν ἦ μαψιδίως ἀλάλησθε

οἷά τε ληιστῆρες ὑπεὶρ ἅλα, τοί τ᾽ ἀλόωνται

255 ψυχὰς παρθέμενοι, κακὸν ἀλλοδαποῖσι φέροντες;"

"ὣς ἔφαθ᾽, ἡμῖν δ᾽ αὖτε κατεκλάσθη φίλον ἦτορ

δεισάντων φθόγγον τε βαρὺν αὐτόν τε πέλωρον.

ἀλλὰ καὶ ὣς μιν ἔπεσσιν ἀμειβόμενος προσέειπον·

"ἡμεῖς τοι Τροίηθεν ἀποπλαγχθέντες Ἀχαιοὶ

240 ἐπιτίθημι: set in place.
θυρεός: door-stone.
ὑψόσε (advb.): on high.
ἀείρας - aor. part.
  αἴρω: raise.
ὄβριμος*: mighty.
τὸν (θυρεὸν) ...
ἄμαξα: wagon.
ἐσθλός: noble, fine.
τετράκυκλος: four-
  wheeled.
οὖδας: the ground.
ὀχλίζω: heave up.
ἠλίβατος: towering.
πέτρη: rock.
243   'Such a towering rock did
  he set in place in the
  doorway'.
ἀμέλγω: milk.
μηκάς: bleating.
245 κατὰ μοῖραν: 'in turn'.
ἔμβρυον: young one.
ὑπ' ... ἧκεν - ὑφίημι:
  put under.
ἥμισυ: half.
θρέψας - aor. part. τρέφω:
  here = curdle, *lit.*
  bring up, rear.
λευκός: white.
γάλα (neut.): milk.
πλεκτός: woven.
τάλαρος: basket.
ἀμάω: collect.
κατατίθημι: put down.
αὖτε: again.
ἔστησεν - aor. ἵστημι:
  set, put.
ἄγγος (neut.): vessel.
ὄφρα οἱ εἴη πίνειν αἰνυμένῳ:
  'so that it might be
  (there) for him to take
  and drink', *lit.* 'for him
  taking to drink'.
ποτιδόρπιος: for supper.
250 σπεύδω: hasten.
πονέομαι: toil.
ἃ - ἑός: his.
πῦρ*: fire.
ἀνακαίω: light.
ἔσιδεν = εἰσεῖδεν (ἡμᾶς) -
  aor. εἰσοράω: look at.
εἴρετο - εἴρομαι: ask.
πλεῖθ' - πλεῖτε - πλέω:
  sail.

ὑγρός: watery.
κέλευθα (neut. pl.):
  ways.
τι: 'in some way'.
κατὰ πρῆξιν: 'for trade'.
μαψιδίως: at random.
ἀλάομαι: wander.
οἷα: just as.
ληϊστήρ: pirate.
ὑπεὶρ = ὑπέρ + acc.: over.
τοι (relative): 'those
  who'.
255 ψυχή: soul, life.
παρθέμενοι - aor. part. mid.
  παρατίθημι: venture,
  hazard.
ἀλλοδαπός: foreign.
αὖτε: however.
κατακλάω: break.
φίλον ἦτορ (ἡμῶν) δεισάντων...
φθόγγος: voice.
βαρύς: heavy, deep.
πέλωρος: of monstrous size
  (πέλωρ: monster).
μιν: to him.
ἀποπλάζω: drive off
  course.

34

260 παντοίοις ἀνέμοισιν ὑπὲρ μέγα λαῖτμα θαλάσσης,

οἴκαδε ἱέμενοι, ἄλλην ὁδόν, ἄλλα κέλευθα

ἤλθομεν· οὕτω που Ζεὺς ἤθελε μητίσασθαι.

λαοὶ δ᾽ Ἀτρεΐδεω Ἀγαμέμνονος εὐχόμεθ᾽ εἶναι,

τοῦ δὴ νῦν γε μέγιστον ὑπουράνιον κλέος ἐστί·

265 τόσσην γὰρ διέπερσε πόλιν καὶ ἀπώλεσε λαοὺς

πολλούς· ἡμεῖς δ᾽ αὖτε κιχανόμενοι τὰ σὰ γοῦνα

ἱκόμεθ᾽, εἴ τι πόροις ξεινήϊον ἠὲ καὶ ἄλλως

δοίης δωτίνην, ἥ τε ξείνων θέμις ἐστίν.

ἀλλ᾽ αἰδεῖο, φέριστε, θεούς· ἱκέται δέ τοί εἰμεν.

270 Ζεὺς δ᾽ ἐπιτιμήτωρ ἱκετάων τε ξείνων τε,

ξείνιος, ὃς ξείνοισιν ἅμ᾽ αἰδοίοισιν ὀπηδεῖ."

The Cyclops is contemptuous and asks them where their ship lies. Odysseus is evasive.

ὣς ἐφάμην, ὁ δέ μ᾽ αὐτίκ᾽ ἀμείβετο νηλέϊ θυμῷ·

"νήπιός εἰς, ὦ ξεῖν᾽, ἢ τηλόθεν εἰλήλουθας,

ὅς με θεοὺς κέλεαι ἢ δειδίμεν ἢ ἀλέασθαι·

275 οὐ γὰρ Κύκλωπες Διὸς αἰγιόχου ἀλέγουσιν

οὐδὲ θεῶν μακάρων, ἐπεὶ ἦ πολὺ φέρτεροί εἰμεν·

οὐδ᾽ ἂν ἐγὼ Διὸς ἔχθος ἀλευάμενος πεφιδοίμην

οὔτε σεῦ οὔθ᾽ ἑτάρων, εἰ μὴ θυμός με κελεύοι.

ἀλλά μοι εἴφ᾽ ὅπη ἔσχες ἰὼν εὐεργέα νῆα,

280 ἦ που ἐπ᾽ ἐσχατιῆς ἢ καὶ σχεδόν, ὄφρα δαείω."

ὣς φάτο πειράζων, ἐμὲ δ᾽ οὐ λάθεν εἰδότα πολλά,

260 παντοῖος: of all kinds.
λαῖτμα (neut.): the
  deep.
ἴεμαι: desire.
οἴκαδε ἱέμενοι (ἔρχεσθαι)...
που (particle): I suppose.
μητίομαι: devise, bring
  about.
λαός: people.
'Ἀτρεΐδεω - gen. 'Ἀτρείδης:
  son of Atreus.
εὔχομαι: pray, vow,
  claim.
τοῦ (relative): 'whose'.
ὑπουράνιος: under heaven.
κλέος (neut.): fame.
265 τόσσος: so great.
διαπέρθω: lay waste,
  sack.
ἀπώλεσε - aor. ἀπόλλυμι:
  destroy, kill.
κιχάνομαι: arrive.
266 'We have come to seek
-7 your hospitality (lit.
  to your knees), (to see)
  if ...'.
πόρω*: offer.
ξεινήιον: gift of hospita-
  lity.
ἄλλως: in another way.
δωτίνη: present.
ξεῖνος*: guest-friend,
  stranger.
θέμις: right, due.
αἰδέομαι: respect.
φέριστε (vocat.): master.
ἱκέτης: suppliant.
270 Ζεὺς δ' (ἔστιν) ...
ἐπιτιμήτωρ: avenger.
ξείνιος, ὅς ...: 'the
  stranger's god, who
  ...'.
ἅμα: together.
αἰδοῖος: worthy of
  respect.
ὁπηδέω: go with.
ἀμείβομαι: answer.
νηλεής*: ruthless,
  pitiless.
νήπιος*: foolish.
τηλόθεν: from afar.
εἰλήλουθας - 2nd sing. perf.
  ἔρχομαι

κέλεαι - 2nd sing. perf.
  κέλομαι: command.
ἀλέομαι: avoid, flee from.
275 αἰγίοχος: aegis-bearing.
ἀλέγω + gen.: care for,
  heed.
κάκαρ: blessed.
ἦ*: truly.
φέρτερος: stronger.
ἔχθος: hostility, dis-
  pleasure.
ἀλευάμενος: 'in order to
  escape from ...'.
πεφιδοίμην - aor. optat.
  φείδομαι + gen.: spare.
εἶφ' - εἰπέ
ὅπη: where.
εὐεργής: well-wrought.
280 που: somewhere.
ἐπ' ἐσχατιῆς: 'on the
  furthest (part of the
  island)'.
σχεδόν: nearby.
δαείω - aor. subj. δάω:
  'I may know'.
πειράζω: try out.
λάθεν aor. λανθάνω: escape
  the notice of.
εἰδότα - part. οἶδα.

ἀλλά μιν ἄψορρον προσέφην δολίοις ἐπέεσσι·

"νέα μέν μοι κατέαξε Ποσειδάων ἐνοσίχθων,

πρὸς πέτρῃσι βαλὼν ὑμῆς ἐπὶ πείρασι γαίης,

285 ἄκρῃ προσπελάσας· ἄνεμος δ᾽ ἐκ πόντου ἔνεικεν·

αὐτὰρ ἐγὼ σὺν τοῖσδε ὑπέκφυγον αἰπὺν ὄλεθρον."

The Cyclops callously slaughters two of Odysseus'
men and eats them; Odysseus wonders what to do.

ὣς ἐφάμην, ὁ δέ μ᾽ οὐδὲν ἀμείβετο νηλέϊ θυμῷ,

ἀλλ᾽ ὅ γ᾽ ἀναΐξας ἑτάροις ἐπὶ χεῖρας ἴαλλε,

σὺν δὲ δύω μάρψας ὥς τε σκύλακας ποτὶ γαίῃ

290 κόπτ᾽· ἐκ δ᾽ ἐγκέφαλος χαμάδις ῥέε, δεῦε δὲ γαῖαν.

τοὺς δὲ διὰ μελεϊστὶ ταμὼν ὁπλίσσατο δόρπον·

ἤσθιε δ᾽ ὥς τε λέων ὀρεσίτροφος, οὐδ᾽ ἀπέλειπεν,

ἄψορρον: in return.
δόλιος: cunning (δόλος: trick).
νέα - acc. ναῦς.
κατέαξε - κατάγνυμι: shatter, break up.
ἐνοσίχθων: earth-shaker.
πέτρη*: rock.
πεῖραρ: furthest point.
285 ἄκρη: headland.
προσπελάζω: bring near to, drive against.
ἔνεικεν = ἤνεγκεν - 3rd sing. aor. φέρω.
αἰπύς: sheer.
ἀναΐσσω: leap up,
χείρ: hand.
ἐπί ... ἰάλλω: stretch out.
σύν ... μάρπτω: clutch.
ὥς τε ...: 'just like ...'.
σκύλαξ: young animal.
ποτί + acc. = πρός.
290 κόπτω: dash.
ἐγκέφαλος: brains.
χαμάδις (advb.): on to the ground.
ἐκ ... ῥέω: flow out, pour out.
δεύω: soak.
μελεϊστί (advb.): limb from limb.
διά ... τέμνω: cut up.
ὁπλίζομαι: prepare.
δόρπον: dinner.
ἤσθιε - imperf. ἐσθίω: eat.
ὀρεσίτροφος: reared on the mountains (ὄρος: mountain; τρέφω: rear).
ἀπολείπω: leave off.

Figure 10
Poseidon: stater of Poseidonia in Sicily; c. 400 B.C.

ἔγκατά τε σάρκας τε καὶ ὀστέα μυελόεντα.

ἡμεῖς δὲ κλαίοντες ἀνεσχέθομεν Διὶ χεῖρας,

295 σχέτλια ἔργ' ὁρόωντες· ἀμηχανίη δ' ἔχε θυμόν.

αὐτὰρ ἐπεὶ Κύκλωψ μεγάλην ἐμπλήσατο νηδὺν

ἀνδρόμεα κρέ' ἔδων καὶ ἐπ' ἄκρητον γάλα πίνων,

κεῖτ' ἔντοσθ' ἄντροιο τανυσσάμενος διὰ μήλων.

τὸν μὲν ἐγὼ βούλευσα κατὰ μεγαλήτορα θυμὸν

300 ἆσσον ἰών, ξίφος ὀξὺ ἐρυσσάμενος παρὰ μηροῦ,

οὐτάμεναι πρὸς στῆθος, ὅθι φρένες ἧπαρ ἔχουσι,

χείρ' ἐπιμασσάμενος· ἕτερος δέ με θυμὸς ἔρυκεν.

αὐτοῦ γάρ κε καὶ ἄμμες ἀπωλόμεθ' αἰπὺν ὄλεθρον·

οὐ γάρ κεν δυνάμεσθα θυράων ὑψηλάων

305 χερσὶν ἀπώσασθαι λίθον ὄβριμον, ὃν προσέθηκεν.

ὣς τότε μὲν στενάχοντες ἐμείναμεν Ἠῶ δῖαν.

ἔγκατα (neut. pl.): en-
  trails.
σάρξ: flesh.
ὀστέον: bone.
μυελόεις: full of marrow.
κλαίω*: weep.
ἀνεσχέθομεν - aor. ἀνέχω:
  hold up.
295 σχέτλιος: wretched.
ἀμηχανίη: helplessness.
ἐμπλήσατο - aor. mid.
  ἐμπίπλημι: fill.
νηδύς: belly.
ἀνδρόμεος: human.
κρέας*: flesh.
ἄκρητος: unmixed, fresh
  (meaning uncertain).
γάλα (neut.): milk.
ἐπί ... πίνω: drink up after-
  wards.
ἔντοσθε + gen.: inside.
τανύω: stretch out.
βουλεύω: consider.
300 ἆσσον: nearer.
ξίφος (neut.): sword.
ὀξύς: sharp.
ἐρύομαι: haul, draw.
μηρός: thigh.
οὐτάμεναι - aor. infin.
  οὐτάω: wound.
τὸν μὲν ἐγὼ βούλευσα ...
  οὐτάμεναι ...
στῆθος: chest.
ὅθι: where.
φρένες: midriff (also
  'mind').
ἧπαρ: liver.
χείρ' = χειρί: 'with my
  hand'.
ἐπιμαίομαι: feel for.
ἐρύκω: restrain.
... γάρ ...: 'for (other-
  wise) ...'.
ἄμμες = ἡμεῖς
ἀπωλόμεθ' - aor. ἀπόλλυμαι:
  perish
303 'For otherwise we too would
  have perished there (in)
  sheer ruin'.
θύρα: doorway.
ὑψηλός: high, lofty.

305 ἀπώσασθαι - aor. infin.
  mid. ἀπωθέω: push away.
προσέθηκεν - aor. προστίθημι:
  put in place.
στενάχω: lament.

Figure 11
Athena and Poseidon:
amphora by the Amasis
painter; c. 530 B.C.

Next day the Cyclops kills and eats two more men.
Odysseus makes a plan; he prepares a great stake,
hides it and chooses four men to help him.

ἦμος δ' ἠριγένεια φάνη ῥοδοδάκτυλος Ἠώς,
καὶ τότε πῦρ ἀνέκαιε καὶ ἤμελγε κλυτὰ μῆλα,
πάντα κατὰ μοῖραν, καὶ ὑπ' ἔμβρυον ἧκεν ἑκάστῃ.
310 αὐτὰρ ἐπεὶ δὴ σπεῦσε πονησάμενος τὰ ἃ ἔργα,
σὺν δ' ὅ γε δὴ αὖτε δύω μάρψας ὡπλίσσατο δεῖπνον.
δειπνήσας δ' ἄντρου ἐξήλασε πίονα μῆλα,
ῥηϊδίως ἀφελὼν θυρεὸν μέγαν· αὐτὰρ ἔπειτα
ἂψ ἐπέθηχ', ὡς εἴ τε φαρέτρῃ πῶμ' ἐπιθείη.
315 πολλῇ δὲ ῥοίζῳ πρὸς ὄρος τρέπε πίονα μῆλα
Κύκλωψ· αὐτὰρ ἐγὼ λιπόμην κακὰ βυσσοδομεύων,
εἴ πως τισαίμην, δοίη δέ μοι εὖχος Ἀθήνη.
ἥδε δέ μοι κατὰ θυμὸν ἀρίστη φαίνετο βουλή.
Κύκλωπος γὰρ ἔκειτο μέγα ῥόπαλον παρὰ σηκῷ,
320 χλωρὸν ἐλαΐνεον· τὸ μὲν ἔκταμεν, ὄφρα φοροίη
αὐανθέν. τὸ μὲν ἄμμες ἐΐσκομεν εἰσορόωντες
ὅσσον θ' ἱστὸν νηὸς ἐεικοσόροιο μελαίνης,
φορτίδος εὐρείης, ἥ τ' ἐκπεράᾳ μέγα λαῖτμα·
τόσσον ἔην μῆκος, τόσσον πάχος εἰσοράασθαι.
325 τοῦ μὲν ὅσον τ' ὄργυιαν ἐγὼν ἀπέκοψα παραστάς,
καὶ παρέθηχ' ἑτάροισιν, ἀποξῦναι δ' ἐκέλευσα·
οἱ δ' ὁμαλὸν ποίησαν· ἐγὼ δ' ἐθόωσα παραστὰς
ἄκρον, ἄφαρ δὲ λαβὼν ἐπυράκτεον ἐν πυρὶ κηλέῳ.
καὶ τὸ μὲν εὖ κατέθηκα κατακρύψας ὑπὸ κόπρῳ,

ἀνακαίω: light.
ἀμέλγω: milk.
κλυτός: renowned.
κατὰ μοῖραν: 'in turn'.
ἔμβρυον: young one.
ὑπ' ... ἧκεν - aor. ὑφίημι:
  put under.
310 σπεύδω: hurry, make haste.
πονέω: toil.
αὖτε: again.
σὺν ... μάρπτω: clutch.
ὁπλίζομαι: prepare.
δεῖπνον: meal.
ἐξελαύνω: drive out.
ῥηϊδίως: easily.
ἀφελών - aor. part.
  ἀφαιρέω: take away.
θυρεός*: door-stone.
ἄψ: back.
ἐπέθηχ' - aor. ἐπιτίθημι:
  put in place.
φαρέτρη: quiver.
πῶμα: lid.
315 ῥοῖζος: whistling.
τρέπω: turn.
λιπόμην - aor. mid. λείπω:
  'I found myself left'.
βυσσοδομεύω: brood.
πως: somehow.
τίνομαι: take vengeance.
εὖχος (neut.): prayer.
φαίνομαι*: appear.
βουλή: council, plan.
ῥόπαλον: stake, club.
σηκός: sheep-pen.
320 χλωρός: green.
ἐλάϊνεος: of olive-wood.
τὸ μὲν ...: 'This ...'.
ἔκταμεν - 3rd sing. aor.
  ἐκτέμνω: cut down,
  lit. cut out.
αὐανθείς: seasoned.
ἄμμες = ἡμεῖς
ἐΐσκω: reckon.
ἱστός: mast.
ἐεικόσορος: twenty-oared.
μέλας*: black, dark.
321
-2 'And we, gazing at it,
  reckoned it to be as big
  as is the mast of a twenty-
  oared, dark ship ...'
  (ὅσσον and ἱστὸν are at-
  tracted into the acc. to
  agree with an omitted
  τόσσον, 'as big').

φορτίς: merchant-ship.
εὐρύς: wide, broad.
ἐκπεράω: cross.
λαῖτμα (neut.): the deep.
μῆκος (neut.): length.
πάχος (neut.): thickness.
325 ὄργυια: an arms' span, i.e.
  the length of the arms
  outstretched.
ἀποκόπτω: cut off
  'And I, standing beside
  (it), cut off from it as
  much as was an arms' span'.
παρέθηχ' - aor. παρατίθημι:
  put beside.
ἀποξύνω: sharpen.
ὁμαλός: smooth.
θοόω: make pointed.
ἄφαρ: at once.
πυρακτέω: harden in fire.
κήλεος: blazing.
κατακρύπτω: hide.
κόπρος: dung.

330 ἦ ῥα κατὰ σπείους κέχυτο μεγάλ' ἤλιθα πολλή·

αὐτὰρ τοὺς ἄλλους κλήρῳ πεπαλάσθαι ἄνωγον,

ὅς τις τολμήσειεν ἐμοὶ σὺν μοχλὸν ἀείρας

τρῖψαι ἐν ὀφθαλμῷ, ὅτε τὸν γλυκὺς ὕπνος ἱκάνοι

οἱ δ' ἔλαχον τοὺς ἄν κε καὶ ἤθελον αὐτὸς ἐλέσθαι,

335 τέσσαρες, αὐτὰρ ἐγὼ πέμπτος μετὰ τοῖσιν ἐλέγμην.

*The Cyclops returns in the evening and kills two
more men. Odysseus offers him some wine.*

ἑσπέριος δ' ἦλθεν καλλίτριχα μῆλα νομεύων·

αὐτίκα δ' εἰς εὐρὺ σπέος ἤλασε πίονα μῆλα,

πάντα μάλ', οὐδέ τι λεῖπε βαθείης ἔκτοθεν αὐλῆς,

ἤ τι ὀϊσάμενος, ἢ καὶ θεὸς ὣς ἐκέλευσεν.

340 αὐτὰρ ἔπειτ' ἐπέθηκε θυρεὸν μέγαν ὑψόσ' ἀείρας,

ἑζόμενος δ' ἤμελγεν ὄϊς καὶ μηκάδας αἶγας,

πάντα κατὰ μοῖραν, καὶ ὑπ' ἐμβρυον ἧκεν ἑκάστῃ.

αὐτὰρ ἐπεὶ δὴ σπεῦσε πονησάμενος τὰ ἃ ἔργα,

σὺν δ' ὅ γε δὴ αὖτε δύω μάρψας ὁπλίσσατο δόρπον.

345 καὶ τότ' ἐγὼ Κύκλωπα προσηύδων ἄγχι παραστάς,

κισσύβιον μετὰ χερσὶν ἔχων μέλανος οἴνοιο.

    "Κύκλωψ, τῆ, πίε οἶνον, ἐπεὶ φάγες ἀνδρόμεα κρέα,

ὄφρα ἰδῇς οἷόν τι ποτὸν τόδε νηῦς ἐκεκεύθει

ἡμετέρη· σοὶ δ' αὖ λοιβὴν φέρον, εἴ μ' ἐλεήσας

350 οἴκαδε πέμψειας· σὺ δὲ μαίνεαι οὐκέτ' ἀνεκτῶς.

σχέτλιε, πῶς κέν τίς σε καὶ ὕστερον ἄλλος ἵκοιτο

ἀνθρώπων πολέων; ἐπεὶ οὐ κατὰ μοῖραν ἔρεξας."

330 ἦα = ἆρα: indeed.
κέχυτο - 3rd sing. plup.
  pass. χέω: pour, spread
  out.
μεγάλα (advb.): extremely.
ἦλιθα (advb.): abundantly.
κλῆρος: lot, lottery.
πάλλω: shake the lots.
ἄνωγον - imperf. ἄνωγα:
  order.
τολμάω: dare.
ὅς τις τολμήσειεν ...:
  '(to see) who would
  dare ...'.
μοχλός: bar, stake.
ἀείρας - aor. part.
  αἴρω: lift.
τρίβω: rub, grind.
ὀφθαλμός: eye.
γλυκύς: sweet.
ὕπνος: sleep.
ἱκάνω: come.
λαγχάνω: be chosen by
  lot, be selected.
τούς ... (relative): 'whom
  ...'.
ἑλέσθαι - aor. inf. αἱρέομαι:
  choose.
335 πέμπτος: fifth.
ἐλέγμην (Attic ἐλέχθην) - aor.
  pass. λέγω: 'I was reckon-
  ed'.
ἑσπέριος (adj.): 'in the
  evening'.
καλλίτριχα - καλλίθριξ: with
  fine wool (καλός; θρίξ:
  hair, wool).
νομεύω: drive, herd.
ἤλασε - aor. ἐλαύνω: drive.
λείπω: leave.
ἔκτοθεν + gen.: outside.
αὐλή: yard.
ὀϊσάμενος - aor. part.
  οἴομαι: think, suspect.
ὥς: thus.
340 ὑψόσε (advb.): on high.
μηκάς: bleating.
κατὰ μοῖραν: 'in turn'.
ἔμβρυον: young one.
ὑπ' ... ἧκεν - ὑφίημι: put
  under.
σπεύδω: hurry, make haste.
πονέω: toil.
σὺν ... μάρπτω: clutch.

ὁπλίζομαι: prepare.
δόρπον: dinner.
345 προσαυδάω: address.
ἄγχι: near.
κισσύβιον: wooden bowl.
μετὰ χερσίν: 'in my hands'.
τῆ: 'take it'.
πίε - aor. imperat. πίων:
  drink.
ἀνδρόμεος: human.
ἰδῇς: 'you may know' (used
  as subj. of οἶδα).
ποτόν: drink.
κεύθω: conceal, contain.
αὖ (advb.): besides.
λοιβή: a drink-offering.
εἰ ... πέμψειας (optat.):
  '(to see) if you would
  send ...'.
ἐλεέω: pity.
350 οἴκαδε: 'to my home'.
μαίνομαι: be mad, rage.
οὐκέτι: no longer.
ἀνεκτῶς: bearably.
πολέων = πολλῶν
ἀνθρώπων πολέων: 'of the
  many men (there are)'.
κατὰ μοῖραν: 'with
  propriety'.
ῥέζω: act.

The Cyclops likes the wine, drinks more and asks

Odysseus his name. Odysseus says that his name

is Noman.

ὣς ἐφάμην, ὁ δὲ δέκτο καὶ ἔκπιεν· ἥσατο δ' αἰνῶς

ἡδὺ ποτὸν πίνων, καί μ' ᾔτεε δεύτερον αὖτις·

355   "δός μοι ἔτι πρόφρων, καί μοι τεὸν οὔνομα εἰπὲ

αὐτίκα νῦν, ἵνα τοι δῶ ξείνιον, ᾧ κε σὺ χαίρῃς.

καὶ γὰρ Κυκλώπεσσι φέρει ζείδωρος ἄρουρα

οἶνον ἐριστάφυλον, καί σφιν Διὸς ὄμβρος ἀέξει·

ἀλλὰ τόδ' ἀμβροσίης καὶ νέκταρός ἐστιν ἀπορρώξ."

360   ὣς ἔφατ'· αὐτὰρ οἱ αὖτις πόρον αἴθοπα οἶνον·

τρὶς μὲν ἔδωκα φέρων, τρὶς δ' ἔκπιεν ἀφραδίῃσιν.

αὐτὰρ ἐπεὶ Κύκλωπα περὶ φρένας ἤλυθεν οἶνος,

καὶ τότε δή μιν ἔπεσσι προσηύδων μειλιχίοισι·

"Κύκλωψ, εἰρωτᾷς μ' ὄνομα κλυτόν; αὐτὰρ ἐγώ τοι

365   ἐξερέω· σὺ δέ μοι δὸς ξείνιον, ὥς περ ὑπέστης.

Οὖτις ἐμοί γ' ὄνομα· Οὖτιν δέ με κικλήσκουσι

μήτηρ ἠδὲ πατὴρ ἠδ' ἄλλοι πάντες ἑταῖροι."

ὣς ἐφάμην, ὁ δέ μ' αὐτίκ' ἀμείβετο νηλέϊ θυμῷ·

"Οὖτιν ἐγὼ πύματον ἔδομαι μετὰ οἷς ἑτάροισι,

370   τοὺς δ' ἄλλους πρόσθεν· τὸ δέ τοι ξεινήϊον ἔσται."

The Cyclops falls into a sordid, drunken sleep.

Odysseus and his men prepare the stake.

ἦ καὶ ἀνακλινθεὶς πέσεν ὕπτιος, αὐτὰρ ἔπειτα

δέχομαι: receive, take.
ἥσατο - ἥδομαι: am pleased.
αἰνῶς: greatly.
ᾔτεε - αἴτεω: ask.
δεύτερον: a second time.
αὗτις = αὖθις: again.
355 δός - aor. imperat. δίδωμι:
    give.
ἔτι - here = again.
πρόφρων: willing, kindly.
τεός: your.
οὔνομα = ὄνομα: name.
ξείνιον: gift of hospita-
    lity.
χαίρω: rejoice, be glad.
ζείδωρος: fruitful.
ἄρουρα: ploughland.
ἐριστάφυλος: made from
    fine grapes.
ὄμβρος: rain.
ἀέξει - αὔξω = αυξάνω:
    increase, make to grow.
ἀπορρώξ: off-shoot, kin.
360 οἱ: 'to him'.
αἴθοψ: bright.
τρίς: three times.
ἀφραδία: foolishness.
ἤλυθεν = ἦλθεν
362 'But when the wine had
     gone to the Cyclops' head',
     lit. 'But when the wine
     had overcome the Cyclops
     in respect of his mind'.
ἔπος* (neut.): word.
προσαυδάω: address.
μειλίχιος: soothing.
εἰρωτᾷς = ἐρωτᾷς - ἐρωτάω:
    ask.
κλυτός: renowned.
365 ἐξερέω: 'I will tell'.
ὑπέστης - aor. ὑφίστημι:
    promise.
Οὖτις: 'No-man'.
κικλήσκω: call.
ἀμείβομαι*: answer.
πύματος: last.
ἔδομαι - fut. ἐσθίω: eat.
μετά + dat.: from amongst.
370 πρόσθεν (advb.): before.
ἦ = ἔφη
ἀνακλίνομαι: sink back.
πέσεν - πίπτω: fall.
ὕπτιος: on his back.

κεῖτ᾽ ἀποδοχμώσας παχὺν αὐχένα, κὰδ δέ μιν ὕπνος
ᾕρει πανδαμάτωρ· φάρυγος δ᾽ ἐξέσσυτο οἶνος
ψωμοί τ᾽ ἀνδρόμεοι· ὁ δ᾽ ἐρεύγετο οἰνοβαρείων.

375 καὶ τότ᾽ ἐγὼ τὸν μοχλὸν ὑπὸ σποδοῦ ἤλασα πολλῆς,
ᾗος θερμαίνοιτο· ἐπέεσσί τε πάντας ἑταίρους
θάρσυνον, μή τίς μοι ὑποδείσας ἀναδύη.
ἀλλ᾽ ὅτε δὴ τάχ᾽ ὁ μοχλὸς ἐλάϊνος ἐν πυρὶ μέλλεν
ἅψεσθαι, χλωρός περ ἐών, διεφαίνετο δ᾽ αἰνῶς,

380 καὶ τότ᾽ ἐγὼν ἄσσον φέρον ἐκ πυρός, ἀμφὶ δ᾽ ἑταῖροι
ἵσταντ᾽· αὐτὰρ θάρσος ἐνέπνευσεν μέγα δαίμων.

They drive it into the Cyclops' eye. He is mad
with pain and calls to the neighbouring Cyclopes.

οἱ μὲν μοχλὸν ἑλόντες ἐλάϊνον, ὀξὺν ἐπ᾽ ἄκρῳ,

ἀποδοχμόω: twist round.
παχύς: thick.
αὐχήν: neck.
κάδ᾽ ... ᾖρει - imperf.
  καθαιρέω: take down, over-
  take.
ὕπνος*: sleep.
πανδαμάτωρ: tamer of all.
φάρυγξ: throat.
ἐξέσσυτο - plup. with aor.
  sense ἐκσευομαι: surge out.
ψωμός: scrap.
ἀνδρόμεος: human.
ἐρεύγομαι: belch.
οἰνοβαρείων: heavy with wine
  (οἶνος; βαρύς).
375 μοχλός: bar, stake.
ὑπό + gen.: under.
σποδός (fem.): ashes.
ἤλασα - aor. ἐλαύνω: drive.
ἧος: until.
θερμαίνομαι: grow hot.
θαρσύνω: encourage.
ὑποδείδω: fear a little.
ἀναδύω: draw back.
ἐλάϊνος: of olive wood.
τάχ᾽ ... μέλλεν: 'was just on
  the point of'.
ἅπτομαι: get hold of, catch
  fire.
χλωρός: green.
περ = καίπερ
διαφαίνομαι: glow.
αἰνῶς: greatly.
380 ἆσσον: nearer.
θάρσος (neut.): courage.
ἐμπνέω: breathe in.
δαίμων: a god.
ἐλόντες - aor. part. αἱρέω:
  take.
ὀξύς: sharp.

Figure 12
*The blinding of
Polyphemus: oinochoe at-
tributed to the Theseus
painter; c. 490 B.C.*

ὀφθαλμῷ ἐνέρεισαν· ἐγὼ δ᾽ ἐφύπερθεν ἐρεισθεὶς

δίνεον, ὡς ὅτε τις τρυπῷ δόρυ νήϊον ἀνὴρ

385 τρυπάνῳ, οἱ δέ τ᾽ ἔνερθεν ὑποσσείουσιν ἱμάντι

ἁψάμενοι ἑκάτερθε, τὸ δὲ τρέχει ἐμμενὲς αἰεί·

ὣς τοῦ ἐν ὀφθαλμῷ πυριήκεα μοχλὸν ἑλόντες

δινέομεν, τὸν δ᾽ αἷμα περίρρεε θερμὸν ἐόντα.

πάντα δέ οἱ βλέφαρ᾽ ἀμφὶ καὶ ὀφρύας εὗσεν ἀϋτμὴ

390 γλήνης καιομένης· σφαραγεῦντο δέ οἱ πυρὶ ῥίζαι.

ὡς δ᾽ ὅτ᾽ ἀνὴρ χαλκεὺς πέλεκυν μέγαν ἠὲ σκέπαρνον

εἰν ὕδατι ψυχρῷ βάπτῃ μεγάλα ἰάχοντα

φαρμάσσων· τὸ γὰρ αὖτε σιδήρου γε κράτος ἐστίν·

ὣς τοῦ σίζ᾽ ὀφθαλμὸς ἐλαϊνέῳ περὶ μοχλῷ.

395 σμερδαλέον δὲ μέγ᾽ ᾤμωξεν, περὶ δ᾽ ἴαχε πέτρη,

ἡμεῖς δὲ δείσαντες ἀπεσσύμεθ᾽. αὐτὰρ ὁ μοχλὸν

ἐξέρυσ᾽ ὀφθαλμοῖο πεφυρμένον αἵματι πολλῷ.

ἐνερείδω: push in.
ἐρείδομαι: press down.
ἐφύπερθεν (advb.): from
  above.
δινέω: twist.
τρυπάω: bore a hole in.
δόρυ: timber.
νήϊος* (adj.): of a ship.
385 τρύπανον: drill.
οἱ δὲ ...: 'and his fellow-
  workers ...', lit. 'and
  they'.
ἔνερθεν (advb.): 'at the
  lower end (of the drill)'.
ὑποσσείω: set going.
ἱμάς: thong.
ἅπτομαι: get hold of.
ἑκάτερθε: on each side.
τὸ δὲ ...: 'and it (i.e.
  the drill) ..'.
τρέχω: run.
ἐμμενές: in its place
  (μένω).
ὣς: thus.
πυριήκης: pointed in the
  fire.
αἷμα: blood.
τὸν δὲ (μοχλὸν) ...
περιρρέω: flow around.
θερμός: hot.
βλέφαρον: eye-lid.
ἀμφί (advb.): all round.
ἀφρύς: eye-brow.
εὕω: singe.
ἀϋτμή: breath, heat.
390 γλήνη: eye-ball.
καίω: burn.
σφαραγέομαι: burst, crackle.
ῥίζα: root.
ἀνὴρ χαλκεὺς: bronze-smith.
πέλεκυς: axe.
σκέπαρνον: adze.
ψυχρός: cold.
βάπτω: dip.
μεγάλα (advb.).
ἰάχω: make a noise.
φαρμάσσω: temper (metal).
τὸ γὰρ (βάπτειν) ...
αὖτε - here = on the contrary,
  contrary to expectation.
σίδηρος: iron.
κράτος (neut.): strength.

τοῦ: 'of him'.
οἴζω: sizzle.
395 σμερδαλέον (advb.):
  terribly.
οἰμώζω: groan.
ἀμεσσύμεθ' - aor. ἀποσεύο-
  μαι: run away.
ἐξερύω: pull out.
πεφυρμένον - perf. part.
  pass. φύρω: mingle,
  spatter.

Figure 13
The blinding of Polyphemus;
  hydria; c. 520 B.C.

τὸν μὲν ἔπειτ' ἔρριψεν ἀπὸ ἕο χερσὶν ἀλύων,
αὐτὰρ ὁ Κύκλωπας μεγάλ' ἤπυεν, οἵ ῥά μιν ἀμφὶς
400 ᾤκεον ἐν σπήεσσι δι' ἄκριας ἠνεμοέσσας.

*The Cyclopes ask Polyphemus what is wrong but
Odysseus' trick name ensures they do not come
to help.*

οἱ δὲ βοῆς ἀΐοντες ἐφοίτων ἄλλοθεν ἄλλος,
ἱστάμενοι δ' εἴροντο περὶ σπέος ὅττι ἑ κήδοι·
    "τίπτε τόσον, Πολύφημ', ἀρημένος ὧδ' ἐβόησας
νύκτα δι' ἀμβροσίην, καὶ ἀΰπνους ἄμμε τίθησθα;
405 ἦ μή τίς σευ μῆλα βροτῶν ἀέκοντος ἐλαύνει;
ἦ μή τίς σ' αὐτὸν κτείνει δόλῳ ἠὲ βίηφιν;"
    τοὺς δ' αὖτ' ἐξ ἄντρου προσέφη κρατερὸς Πολύφημος·
"ὦ φίλοι, Οὖτίς με κτείνει δόλῳ οὐδὲ βίηφιν."
    οἱ δ' ἀπαμειβόμενοι ἔπεα πτερόεντ' ἀγόρευον·
410 "εἰ μὲν δὴ μή τίς σε βιάζεται οἶον ἐόντα,
νοῦσον γ' οὔ πως ἔστι Διὸς μεγάλου ἀλέασθαι,
ἀλλὰ σύ γ' εὔχεο πατρὶ Ποσειδάωνι ἄνακτι."
    ὣς ἄρ' ἔφαν ἀπιόντες, ἐμὸν δ' ἐγέλασσε φίλον κῆρ,
ὡς ὄνομ' ἐξαπάτησεν ἐμὸν καὶ μῆτις ἀμύμων.

*The Cyclops hopes to catch Odysseus and his men as
they leave the cave. Odysseus has a plan for escaping.*

415 Κύκλωψ δὲ στενάχων τε καὶ ὠδίνων ὀδύνῃσι,

τὸν μὲν (μοχλὸν) ...
ῥίπτω: throw.
ἀπὸ ἕο: 'from him' (ἕο
= οὗ, gen., cf. dat.
form οἷ, acc. ἓ).
ἀλύω: be distraught.
ἠπύω: call out to.
μιν ἀμφίς: 'around him'.
400 οἰκέω: live.
διά + acc. - here = among.
ἄκρις: peak.
ἠνεμόεις: wind-swept
(ἄνεμος).
βοή: shout.
ἀΐω: perceive, hear.
φοιτάω: go to and fro.
ἄλλοθεν ἄλλος: 'one from one
place, one from another'.
εἴροντο - imperf. εἴρομαι:
ask.
ὄττι = ὅτι.
ἓ: 'him'.
κήδω: trouble.
τίπτε = τί ποτε: why ever.
ἀρημένος: distressed.
ὧδε: thus.
βοάω: shout (βοή).
ἀμβρόσιος: ambrosial.
ἄϋπνος: sleepless.
ἄμμε = ἡμᾶς.
405 ἦ μή τίς ...: 'Surely
no man ...'.
βροτός: mortal.
σευ ... ἀέκοντος: 'against
your will', *lit.* 'you
(being) unwilling'.
δόλος*: trick, cunning.
βίηφιν: by violence (-φι(ν)
signifies 'by means of').
κρατερός: mighty.
ἀγορεύω: speak.
πτερόεις: winged.
410 βιάζομαι: assault.
οἷος: alone.
νοῦσος = νόσος (fem.):
disease.
οὔ πως ἔστι: 'it is in no
way possible', *lit.* 'there
is not how'.
ἀλέομαι: avoid.
εὔχομαι: pray.
ἄναξ*: master, lord.

γελάω: laugh.
κῆρ: heart.
ἐγέλασσε ... ὡς ...:
'laughed at how ...'.
ἐξαπατάω: deceive.
μῆτις: cunning.
ἀμύμων: excellent.
415 στενάχω: lament, groan.
ὠδίνω: be in pain.
ὀδύνη: agony.

χερσὶ ψηλαφόων, ἀπὸ μὲν λίθον εἷλε θυράων,

αὐτὸς δ' εἰνὶ θύρῃσι καθέζετο χεῖρε πετάσσας,

εἴ τινά που μετ' ὄεσσι λάβοι στείχοντα θύραζε·

οὕτω γάρ πού μ' ἤλπετ' ἐνὶ φρεσὶ νήπιον εἶναι.

420 αὐτὰρ ἐγὼ βούλευον, ὅπως ὄχ' ἄριστα γένοιτο,

εἴ τιν' ἑταίροισιν θανάτου λύσιν ἠδ' ἐμοὶ αὐτῷ

εὑροίμην· πάντας δὲ δόλους καὶ μῆτιν ὕφαινον,

ὥς τε περὶ ψυχῆς· μέγα γὰρ κακὸν ἐγγύθεν ἦεν.

ἥδε δέ μοι κατὰ θυμὸν ἀρίστη φαίνετο βουλή.

425 ἄρσενες ὄϊες ἦσαν ἐϋτρεφέες, δασύμαλλοι,

καλοί τε μεγάλοι τε, ἰοδνεφὲς εἶρος ἔχοντες·

τοὺς ἀκέων συνέεργον ἐϋστρεφέεσσι λύγοισι,

τῆς ἔπι Κύκλωψ εὗδε πέλωρ, ἀθεμίστια εἰδώς,

σύντρεις αἰνύμενος· ὁ μὲν ἐν μέσῳ ἄνδρα φέρεσκε,

430 τὼ δ' ἑτέρω ἑκάτερθεν ἴτην σώοντες ἑταίρους.

τρεῖς δὲ ἕκαστον φῶτ' ὄϊες φέρον· αὐτὰρ ἐγώ γε,

ἀρνειὸς γὰρ ἔην, μήλων ὄχ' ἄριστος ἁπάντων,

τοῦ κατὰ νῶτα λαβών, λασίην ὑπὸ γαστέρ' ἐλυσθεὶς

ψηλαφάω: grope.
λίθος: stone.
εἷλε – aor. αἱρέω: take.
θύρα: door, doorway.
εἰνί = ἐν
καθίζω: sit down.
χεῖρε (dual): both his hands.
πετάννυμι: spread out.
εἰ ...: '(to see) if ...'.
δέεσσι – dat. pl. ὄϊς: sheep.
στείχω: go, make one's way.
θύραζε: 'towards the door'.
που (particle): I suppose.
ἔλπομαι: expect, think.
420 βουλεύω: consider, take
    counsel.
ὄχα (advb.): very.
ὅπως ὄχ' ἄριστα γένοιτο: 'so
    that things might turn out
    for the very best'.
εἰ ...: '(to see) if ...'.
θάνατος: death.
λύσις: release.
εὑρίσκω: find.
ὑφαίνω: weave, contrive.
ὥς τε περὶ ψυχῆς: 'as it was
    a matter of life and death',
    lit. 'as (it was a matter)
    about life'.
ἐγγύθεν: nearby.
βουλή: council, plan.
425 ἄρσην: male.
ἐΰτρεφής: well-fed.
δασύμαλλος: thick-fleeced.
ἰοδνεφής: dark as violet
    (ἴον: violet; νέφος:
    dark cloud).
εἶρος (neut.): wool.
ἀκέων: silently.
συνείργω: shut in, tie
    together.
ἐϋστρεφής: well-twisted.
λύγος (fem.): willow-twig.
τῆς ἔπι: 'on which'.
εὕδω: sleep.
πέλωρ: monster.
ἀθεμίστια εἰδώς: 'a man who
    practised lawlessness', lit.
    'knowing lawless things'.
σύντρεις: three together.
αἴνυμαι: take hold of.
430 τὼ δ' ἑτέρω ... ἴτην ...
    (duals): 'and the other
    two went ...'.

ἑκάτερθεν: on each side.
σάω: save, keep safe.
φώς: man.
ἀρνειός*: ram.
... γὰρ ἔην: 'for there
    was ...'.
κατὰ ... λαβών: 'having
    taken hold of'.
νῶτον: back.
λάσιος: shaggy.
γαστήρ: belly.
ἐλύω: curl up.

Figure 14
Odysseus under the ram:
lekythos by the Ambush
painter; c. 500 B.C.

κείμην· αὐτὰρ χερσὶν ἀώτου θεσπεσίοιο
435 νωλεμέως στρεφθεὶς ἐχόμην τετληότι θυμῷ.
ὣς τότε μὲν στενάχοντες ἐμείναμεν Ἠῶ δῖαν.

The sheep go out to graze with Odysseus' men
tied under them.   He himself is beneath a
large ram of which Polyphemus is very fond.

ἦμος δ᾽ ἠριγένεια φάνη ῥοδοδάκτυλος Ἠώς,
καὶ τότ᾽ ἔπειτα νομόνδ᾽ ἐξέσσυτο ἄρσενα μῆλα,
θήλειαι δ᾽ ἐμέμηκον ἀνήμελκτοι περὶ σηκούς·
440 οὔθατα γὰρ σφαραγεῦντο. ἄναξ δ᾽ ὀδύνῃσι κακῇσι
τειρόμενος πάντων ὀΐων ἐπεμαίετο νῶτα
ὀρθῶν ἑσταότων· τὸ δὲ νήπιος οὐκ ἐνόησεν,
ὥς οἱ ὑπ᾽ εἰροπόκων ὀΐων στέρνοισι δέδεντο.
ὕστατος ἀρνειὸς μήλων ἔστειχε θύραζε,
445 λάχνῳ στεινόμενος καὶ ἐμοὶ πυκινὰ φρονέοντι.
τὸν δ᾽ ἐπιμασσάμενος προσέφη κρατερὸς Πολύφημος·
  "κριὲ πέπον, τί μοι ὧδε διὰ σπέος ἔσσυο μήλων
ὕστατος; οὔ τι πάρος γε λελειμμένος ἔρχεαι οἰῶν,
ἀλλὰ πολὺ πρῶτος νέμεαι τέρεν᾽ ἄνθεα ποίης
450 μακρὰ βιβάς, πρῶτος δὲ ῥοὰς ποταμῶν ἀφικάνεις,
πρῶτος δὲ σταθμόνδε λιλαίεαι ἀπονέεσθαι
ἑσπέριος· νῦν αὖτε πανύστατος. ἦ σύ γ᾽ ἄνακτος
ὀφθαλμὸν ποθέεις, τὸν ἀνὴρ κακὸς ἐξαλάωσε
σὺν λυγροῖς ἑτάροισι, δαμασσάμενος φρένα οἴνῳ,

ἄωτον: fleece.
θεσπέσιος: wondrous, wonderful.
435 νωλεμέως: continually.
στρεφθείς - aor. part. pass. στρέφω: 'having turned my back', *lit.* having been turned.
ἔχομαι + gen.: hold on to.
τετληώς: enduring, steadfast.
στενάχω: lament.
νομός: pasture.
ἐξέσσυτο - aor. ἐκσεύομαι: run out.
ἄρσην: male.
θῆλυς: female.
ἐμέμηκον - imperf. μηκάομαι: bleat.
ἀνήμελκτος: unmilked.
σηκός: pen.
440 οὖθαρ: udder.
σφαραγέομαι: burst.
ἄναξ*: master.
ὀδύνη: agony.
τείρω: rub, wear out.
ἐπιμαίομαι: feel for.
ὀρθός: upright.
νοέω: notice.
τὸ δὲ ... ὥς ...: 'But this fact ... that ...'.
ὑπό + dat.: under.
εἰροπόκος: thick-fleeced.
στέρνον: breast.
δέω: bind.
ὕστατος: last.
στείχω: go, make one's way.
445 λάχνος: wool.
στείνομαι: be full of, be loaded.
πυκινός: close-packed, shrewd.
φρονέω: think.
κρατερός: mighty.
κριός: ram.
πέπων: soft, dear.
ἔσσυο - 2nd sing. aor. σεύομαι: run.
οὔ τι: not at all, in no way.
πάρος: previously.
λελειμμένος - λείπω: leave behind.

νέμομαι: graze.
τέρην: tender.
ἄνθος (neut.): flower.
ποίη: grass, pasture.
450 μακρὰ βιβάς: 'taking long strides'.
ῥοή: stream.
ποταμός: river.
ἀφικάνω: come to.
σταθμός: homestead.
λιλαίομαι: desire.
ἀπονέομαι: return.
ἑσπέριος (adj.): in the evening.
ποθέω: desire, regret, feel sorry for.
τὸν ...: 'which ...'.
ἐξαλαόω: blind (verb).
λυγρός: dire.
δαμάω*: tame, overcome.

56

455 Οὖτις, ὃν οὔ πώ φημι πεφυγμένον ἔμμεν ὄλεθρον.
εἰ δὴ ὁμοφρονέοις ποτιφωνήεις τε γένοιο
εἰπεῖν ὅππῃ κεῖνος ἐμὸν μένος ἠλασκάζει·
τῷ κέ οἱ ἐγκέφαλός γε διὰ σπέος ἄλλυδις ἄλλῃ
θεινομένου ῥαίοιτο πρὸς οὔδεϊ, κὰδ δέ κ' ἐμὸν κῆρ
460 λωφήσειε κακῶν, τά μοι οὐτιδανὸς πόρεν Οὖτις."

The escape is successful and they return to the
ships. When they are at sea, Odysseus taunts
Polyphemus.

ὣς εἰπὼν τὸν κριὸν ἀπὸ ἕο πέμπε θύραζε.
ἐλθόντες δ' ἡβαιὸν ἀπὸ σπείους τε καὶ αὐλῆς
πρῶτος ὑπ' ἀρνειοῦ λυόμην, ὑπέλυσα δ' ἑταίρους.
καρπαλίμως δὲ τὰ μῆλα ταναύποδα, πίονα δημῷ,
465 πολλὰ περιτροπέοντες ἐλαύνομεν, ὄφρ' ἐπὶ νῆα
ἱκόμεθ'. ἀσπάσιοι δὲ φίλοις ἑτάροισι φάνημεν,
οἳ φύγομεν θάνατον· τοὺς δὲ στενάχοντο γοῶντες.
ἀλλ' ἐγὼ οὐκ εἴων, ἀνὰ δ' ὀφρύσι νεῦον ἑκάστῳ,
κλαίειν· ἀλλ' ἐκέλευσα θοῶς καλλίτριχα μῆλα
470 πόλλ' ἐν νηῒ βαλόντας ἐπιπλεῖν ἁλμυρὸν ὕδωρ.
οἱ δ' αἶψ' εἴσβαινον καὶ ἐπὶ κληῖσι καθῖζον·
ἑξῆς δ' ἑζόμενοι πολιὴν ἅλα τύπτον ἐρετμοῖς,
ἀλλ' ὅτε τόσσον ἀπῆν ὅσσον τε γέγωνε βοήσας,
καὶ τότ' ἐγὼ Κύκλωπα προσηύδων κερτομίοισι·
475 "Κύκλωψ, οὐκ ἄρ' ἔμελλες ἀνάλκιδος ἀνδρὸς ἑταίρους
ἔδμεναι ἐν σπῆϊ γλαφυρῷ κρατερῆφι βίηφι.

455 πω: yet.
πεφυγμένον ἔμμεν: *lit.*
'to have escaped',
perf. inf. φεύγω.
εἰ δὴ ὁμοφρονέοις ...:
'Would that you could
think as I do ...'.
ποτιφωνήεις: capable of
speech (προσφωνέω).
ὄππη: where.
κεῖνος = ἐκεῖνος.
μένος (neut.): might.
ἠλασκάζω: flee from.
τῷ: then.
ἐγκέφαλος: brains.
ἄλλυδις ἄλλῃ: 'in all
directions'.
θείνω: dash.
ῥαίω: smash.
οὔδας: floor.
τῷ κέ οἱ ἐγκέφαλος ...
ῥαίοιτο ...: 'Then his
brains would be smashed ...'.
θεινομένου ... πρὸς οὔδεϊ: 'as
he was dashed against the
floor', gen. absol. or sense
construction.
κῆρ: heart.
460 κὰδ ... λωφήσειε - 2nd sing.
aor. optat. καταλωφάω:
rest from.
τά: 'which'.
οὐτιδανός: good-for-nothing.
ἠβαιόν (advb.): a little.
ἐλθόντες ... λυόμην: 'And when
they had gone ..., I untied
myself ...', sense construct-
ion.
αὐλή: yard.
ταναύπους: long-striding
(τανύω: stretch; πούς:
foot).
πίων: fat, plump.
δημός: fat.
465 περιτροπέω: round up.
ὄφρα - here = until.
ἀσπάσιος: welcome.
τοὺς δὲ ...: 'but the others
(i.e. those who had been
killed) ...'.
γοάω: weep.
εἴων - imperf. ἐάω: allow.
ἀνὰ ... νεύω: give the sign to
stop.

ὀφρύς: eye-brow.
ἐκέλευσα (αὐτούς) ...
θοῶς: quickly.
καλλίτριχα - καλλίθριξ:
with fine wool.
470 ἁλμυρός: briny, salt.
κληΐς: rowing bench.
τύπτω: beat, smite.
γέγωνα: call out, make
the voice sound.
473 'as far as a shout could
carry', lit. 'as far as
(a man), having shouted,
could make his voice
sound'.
προσαυδάω: address.
κερτομιός (sc. word),
mocking, stinging.
475 μέλλω: to be about to.
ἄναλκις: feeble.
ἔδμεναι - pres. inf. ἔδω:
eat.
οὐκ ἄρ' ἔμελλες ...
ἔδμεναι ...: 'it was not
a feeble man's compan-
ions you were going to
eat ...'.
γλαφυρός: hollow.
κρατερῆφι βίηφι: 'by
force and violence'.

καὶ λίην σέ γ' ἔμελλε κιχήσεσθαι κακὰ ἔργα,
σχέτλι', ἐπεὶ ξείνους οὐκ ἅζεο σῷ ἐνὶ οἴκῳ
ἐσθέμεναι· τῷ σε Ζεὺς τίσατο καὶ θεοὶ ἄλλοι."

*Polyphemus hurls a great rock which nearly drives
them ashore again. Odysseus' men beg him not to
provoke Polyphemus.*

480   ὣς ἐφάμην, ὁ δ' ἔπειτα χολώσατο κηρόθι μᾶλλον·
       ἧκε δ' ἀπορρήξας κορυφὴν ὄρεος μεγάλοιο,
       κὰδ δ' ἔβαλε προπάροιθε νεὸς κυανοπρῴροιο
       τυτθόν, ἐδεύησεν δ' οἰήϊον ἄκρον ἱκέσθαι.
       ἐκλύσθη δὲ θάλασσα κατερχομένης ὑπὸ πέτρης·
485   τὴν δ' αἶψ' ἠπειρόνδε παλιρρόθιον φέρε κῦμα,
       πλημυρὶς ἐκ πόντοιο, θέμωσε δὲ χέρσον ἱκέσθαι.
       αὐτὰρ ἐγὼ χείρεσσι λαβὼν περιμήκεα κοντὸν
       ὦσα παρέξ· ἑτάροισι δ' ἐποτρύνας ἐκέλευσα
       ἐμβαλέειν κώπῃς, ἵν' ὑπὲκ κακότητα φύγοιμεν,
490   κρατὶ κατανεύων· οἱ δὲ προπεσόντες ἔρεσσον.
       ἀλλ' ὅτε δὴ δὶς τόσσον ἅλα πρήσσοντες ἀπῆμεν,
       καὶ τότ' ἐγὼ Κύκλωπα προσηύδων· ἀμφὶ δ' ἑταῖροι
       μειλιχίοις ἐπέεσσιν ἐρήτυον ἄλλοθεν ἄλλος·
       "σχέτλιε, τίπτ' ἐθέλεις ἐρεθιζέμεν ἄγριον ἄνδρα;
495   ὃς καὶ νῦν πόντονδε βαλὼν βέλος ἤγαγε νῆα
       αὖτις ἐς ἤπειρον, καὶ δὴ φάμεν αὐτόθ' ὀλέσθαι.
       εἰ δὲ φθεγξαμένου τευ ἢ αὐδήσαντος ἄκουσε,
       σύν κεν ἄραξ' ἡμέων κεφαλὰς καὶ νήϊα δοῦρα

καὶ λίην: very much; here almost = 'without a doubt'.
κιχάνομαι: arrive, catch up with.
κακὰ ἔργα ἔμελλέ σε κιχήσεσθαι ...
σχέτλιος*: wretched.
ἄζομαι: feel respect, be ashamed.
ἐσθέμεναι - pres. inf.
ἐσθίω: eat.
τῷ: then, therefore.
τίσατο - aor. τίνομαι: take vengeance on.
σε Ζεὺς τίσατο: 'Zeus has taken vengeance on you ...'.
480 χολόομαι: be angry.
κῆρόθι: in his heart.
ἧκε - ἵημι: send, hurl.
ἀπορρήγνυμι: break off.
κορυφή: peak.
προπάροιθε + gen.: in front of.
κυανόπρωρος: dark-prowed.
τυτθόν (advb.): a little.
δεύω: miss.
οἰήϊον: rudder.
ἐδεύησεν ... ἱκέσθαι: 'and it missed reaching ...'.
κλύζω: dash against, churn.
θάλασσα: sea.
485 τὴν δ': 'the ship'.
ἤπειρόνδε: 'towards the land'.
παλιρρόθιος: rushing back.
πλημυρίς: swell, tidal wave.
θεμόω: force.
χέρσος* (fem.): dry land.
περιμήκης: very long.
κοντός: pole.
ὦσα - aor. ὠθέω: push.
παρέξ (advb.): out.
ἐποτρύνω: stir up, urge on.
ἐμβαλέειν κώπης: 'to bend to the oars' (κώπης, dat. pl.).
490 κρᾶς: head.
κατανεύω: give the sign to go ahead.

προπίπτω: bend forward, lit. fall forward.
ἐρέσσω: row.
δὶς τόσσον: twice as much.
πρήσσω = πράσσω: here = traverse.
ἄπειμι: be distant.
προσηύδων: 'I was going to address ...', imperf. προσαυδάω.
ἀμφί (advb.): around (me).
μειλίχιος: soothing.
ἐρητύω: restrain.
τίπτε = τί ποτε: why ever?
ἐρεθίζω: provoke.
ἄγριος: fierce.
495 πόντονδε: 'out to sea'.
βέλος (neut.): missile.
ἤγαγε - ἄγω: bring.
φάμεν: here = 'we thought'.
αὐτόθι (advb.): there.
ὀλέσθαι - aor. inf. ὄλλυμαι: perish.
φθέγγομαι: cry out.
τευ = τινός.
αὐδάω: speak, give voice.
σύν ... ἀράσσω: dash together.
δόρυ: timber.

μαρμάρῳ ὀκριόεντι βαλών· τόσσον γὰρ ἵησιν."

Odysseus takes no notice and shouts back his
true identity. Polyphemus recalls a prophecy
and prays to Poseidon.

500 ὣς φάσαν, ἀλλ' οὐ πεῖθον ἐμὸν μεγαλήτορα θυμόν,
    ἀλλά μιν ἄψορρον προσέφην κεκοτηότι θυμῷ·
    "Κύκλωψ, αἴ κέν τίς σε καταθνητῶν ἀνθρώπων
    ὀφθαλμοῦ εἴρηται ἀεικελίην ἀλαωτύν,
    φάσθαι Ὀδυσσῆα πτολιπόρθιον ἐξαλαῶσαι,

505 υἱὸν Λαέρτεω, Ἰθάκῃ ἔνι οἰκί' ἔχοντα."
    ὣς ἐφάμην, ὁ δέ μ' οἰμώξας ἠμείβετο μύθῳ·
    "ὢ πόποι, ἦ μάλα δή με παλαίφατα θέσφαθ' ἱκάνει.
    ἔσκε τις ἐνθάδε μάντις ἀνὴρ ἠΰς τε μέγας τε,
    Τήλεμος Εὐρυμίδης, ὃς μαντοσύνῃ ἐκέκαστο

510 καὶ μαντευόμενος κατεγήρα Κυκλώπεσσιν·
    ὅς μοι ἔφη τάδε πάντα τελευτήσεσθαι ὀπίσσω,
    χειρῶν ἐξ Ὀδυσῆος ἁμαρτήσεσθαι ὀπωπῆς.
    ἀλλ' αἰεί τινα φῶτα μέγαν καὶ καλὸν ἐδέγμην
    ἐνθάδ' ἐλεύσεσθαι, μεγάλην ἐπιειμένον ἀλκήν·

515 νῦν δέ μ' ἐὼν ὀλίγος τε καὶ οὐτιδανὸς καὶ ἄκικυς
    ὀφθαλμοῦ ἀλάωσεν, ἐπεί μ' ἐδαμάσσατο οἴνῳ.
    ἀλλ' ἄγε δεῦρ', Ὀδυσεῦ, ἵνα τοι πὰρ ξείνια θείω,
    πομπήν τ' ὀτρύνω δόμεναι κλυτὸν ἐννοσίγαιον·
    τοῦ γὰρ ἐγὼ πάϊς εἰμί, πατὴρ δ' ἐμὸς εὔχεται εἶναι.

520 αὐτὸς δ', αἴ κ' ἐθέλῃσ', ἰήσεται, οὐδέ τις ἄλλος

500 μάρμαρος: rock.
ὀκριόεις: jagged.
βαλών: 'having hurled
   (at us) with ...'.
ἵημι: throw.
ἄψορρον (advb.): 'in
   return'.
κεκοτηώς - perf. part.
   κοτέω: bearing a grudge,
   spiteful.
καταθνητός: mortal.
ἀεικέλιος: unseemly, in-
   solent.
ἀλαωτύς: blinding.
αἴ κέν τίς σε ... εἴρηται
   ἀεικελίην ἀλαωτύν: 'if
   any ... asks you (about)
   the insolent blinding
   ...'.
φάσθαι (inf. used as
   imperat.) - φημί.
πτολιπόρθιος: sacker of
   cities (πτόλις = πόλις:
   city; πέρθω: sack).
ἐξαλαόω: blind.
506 οἰμώζω: groan.
μῦθος: word.
ὦ πόποι: 'alas'.
παλαίφατος: spoken long
   ago.
θέσφατα: words uttered by
   a god.
ἱκάνω: here = come back to.
ἔσκε = ἦν: 'there was'.
μάντις: prophet.
ἠΰς: good.
Εὐρυμίδης: son of Eurymos.
ἐκέκαστο - plup. καίνυμαι:
   excel.
510 καταγηράω: grow old.
Κυκλώπεσσιν: 'among the
   Cyclopes'.
τελευτάω: accomplish.
ὀπίσσω: hereafter.
ἁμαρτάνω: miss, go wrong,
   lose.
(ἐμὲ) ... ἁμαρτήσεσθαι:
   'that I would lose ...'.
ὀπωπή: sight.
φώς: man.
ἐδέγμην = ἐδέχθην - aor.
   δέχομαι: receive, expect.

ἐλεύσεσθαι - used as fut.
   infin. ἔρχομαι.
ἐπιειμένον: perf. part.
   pass. ἐπιέννυμι: clothe,
   array.
ἀλκή: might.
515 ἐών = ὤν - εἰμί
ὀλίγος: here = small.
οὐτιδανός: good-for-
   nothing.
ἄκικυς: feeble.
ἀλαόω: blind.
πάρ ... θείω - aor. subj.
   παρατίθημι: put beside.
πομπή: safe passage.
ὀτρύνω: urge.
δόμεναι - pres. inf. δίδωμι.
κλυτός: famous, glorious.
ἐννοσίγαιος: shaker of the
   earth.
εὔχομαι: pray, claim.
520 αἴ = εἰ
ἰάομαι: heal.

οὔτε θεῶν μακάρων οὔτε θνητῶν ἀνθρώπων."

ὣς ἔφατ', αὐτὰρ ἐγώ μιν ἀμειβόμενος προσέειπον·

"αἲ γὰρ δὴ ψυχῆς τε καὶ αἰῶνός σε δυναίμην

εὖνιν ποιήσας πέμψαι δόμον Ἄϊδος εἴσω,

525 ὡς οὐκ ὀφθαλμόν γ' ἰήσεται οὐδ' ἐνοσίχθων."

ὣς ἐφάμην, ὁ δ' ἔπειτα Ποσειδάωνι ἄνακτι

εὔχετο, χεῖρ' ὀρέγων εἰς οὐρανὸν ἀστερόεντα·

"κλῦθι, Ποσείδαον γαιήοχε, κυανοχαῖτα·

εἰ ἐτεόν γε σός εἰμι, πατὴρ δ' ἐμὸς εὔχεαι εἶναι,

530 δὸς μὴ 'Οδυσσῆα πτολίπορθον οἴκαδ' ἱκέσθαι

υἱὸν Λαέρτεω, 'Ιθάκῃ ἔνι οἰκί' ἔχοντα.

ἀλλ' εἰ οἱ μοῖρ' ἐστὶ φίλους ἰδέειν καὶ ἱκέσθαι

οἶκον ἐϋκτίμενον καὶ ἑὴν ἐς πατρίδα γαῖαν,

ὀψὲ κακῶς ἔλθοι, ὀλέσας ἄπο πάντας ἑταίρους,

535 νηὸς ἐπ' ἀλλοτρίης, εὕροι δ' ἐν πήματα οἴκῳ."

Polyphemus hurls another rock but Odysseus reaches
the island and has a joyful reunion with the rest
of his companions.

ὣς ἔφατ' εὐχόμενος, τοῦ δ' ἔκλυε κυανοχαίτης.

αὐτὰρ ὁ γ' ἐξαῦτις πολὺ μείζονα λᾶαν ἀείρας

ἧκ' ἐπιδινήσας, ἐπέρεισε δὲ ἲν' ἀπέλεθρον,

κὰδ δ' ἔβαλεν μετόπισθε νεὸς κυανοπρῴροιο

540 τυτθόν, ἐδεύησεν δ' οἰήϊον ἄκρον ἱκέσθαι.

ἐκλύσθη δὲ θάλασσα κατερχομένης ὑπὸ πέτρης·

τὴν δὲ πρόσω φέρε κῦμα, θέμωσε δὲ χέρσον ἱκέσθαι.

μάκαρ: blessed.
θνητός: mortal.
αἲ γάρ: 'would that'.
αἲ γάρ ... σε δυναίμην ...
  πέμψαι ...
ψυχή: life, soul.
αἰών: life.
εὖνις + gen.: deprived of.
εἴσω + acc.: into.
525 ὡς ... οὐδ' ...: 'as
  surely as not even ...'.
ἐνοσίχθων: the earth-
  shaker.
ὀρέγω: stretch out.
ἀστερόεις: starry.
κλύω: hear.
γαιήοχος: girdler of the
  earth.
κυανοχαίτης: dark-haired.
ἐτεόν: really.
530 δὸς - aor. imperat. δίδωμι:
  'grant that ...'.
πτολίπορθος: sacker of
  cities.
ἀλλ' εἰ οἱ μοῖρ' ἐστι ...:
  'But if it is his fate ...'.
ἐϋκτίμενος: well-
  established.
ἑός: his.
ὀψέ: late.
κακῶς: badly, in trouble.
ὀλέσας ἀπο - aor. part.
  ἀπόλλυμι: destroy, lose.
535 ἀλλότριος: alien.
πῆμα (neut.): trouble.
ἐξαῦτις: again.
λᾶας: rock.
ἧκ' - aor. ἵημι: send,
  hurl.
ἐπιδινέω: swing round.
ἐπερείδω: apply.
ἴς: force, strength.
ἀπέλεθρος: immeasurable.
μετόπισθε + gen.: behind.
κυανόπρωρος: dark-prowed
  (κυάνεος: dark-blue,
  dark; πρῷρα: prow).
540 τυτθόν (advb.): a little.
δεύω: miss.
ἐδεύησεν ... ἱκέσθαι: 'it
  missed reaching ...'.
οἰήϊον: rudder.

ἐκλύσθη - aor. pass. κλύζω:
  dash against, stir up.
τὴν δὲ ...: 'the ship'.
πρόσω: forward.
θεμόω: force.

ἀλλ' ὅτε δὴ τὴν νῆσον ἀφικόμεθ', ἔνθα περ ἄλλαι
νῆες ἐΰσσελμοι μένον ἀθρόαι, ἀμφὶ δ' ἑταῖροι
545 ἥατ' ὀδυρόμενοι, ἡμέας ποτιδέγμενοι αἰεί,
νῆα μὲν ἔνθ' ἐλθόντες ἐκέλσαμεν ἐν ψαμάθοισιν,
ἐκ δὲ καὶ αὐτοὶ βῆμεν ἐπὶ ῥηγμῖνι θαλάσσης.
μῆλα δὲ Κύκλωπος γλαφυρῆς ἐκ νηὸς ἑλόντες
δασσάμεθ', ὡς μή τίς μοι ἀτεμβόμενος κίοι ἴσης.
550 ἀρνειὸν δ' ἐμοὶ οἴῳ ἐϋκνήμιδες ἑταῖροι
μήλων δαιομένων δόσαν ἔξοχα· τὸν δ' ἐπὶ θινὶ
Ζηνὶ κελαινεφέϊ Κρονίδῃ, ὃς πᾶσιν ἀνάσσει,
ῥέξας μηρί' ἔκαιον· ὁ δ' οὐκ ἐμπάζετο ἱρῶν,
ἀλλ' ἄρα μερμήριζεν ὅπως ἀπολοίατο πᾶσαι
555 νῆες ἐΰσσελμοι καὶ ἐμοὶ ἐρίηρες ἑταῖροι.
ὣς τότε μὲν πρόπαν ἦμαρ ἐς ἠέλιον καταδύντα
ἥμεθα δαινύμενοι κρέα τ' ἄσπετα καὶ μέθυ ἡδύ·
ἦμος δ' ἠέλιος κατέδυ καὶ ἐπὶ κνέφας ἦλθε,
δὴ τότε κοιμήθημεν ἐπὶ ῥηγμῖνι θαλάσσης.
560 ἦμος δ' ἠριγένεια φάνη ῥοδοδάκτυλος Ἠώς,
δὴ τότ' ἐγὼν ἑτάροισιν ἐποτρύνας ἐκέλευσα
αὐτούς τ' ἀμβαίνειν ἀνά τε πρυμνήσια λῦσαι.
οἱ δ' αἶψ' εἴσβαινον καὶ ἐπὶ κληῖσι καθῖζον,
ἑξῆς δ' ἑζόμενοι πολιὴν ἅλα τύπτον ἐρετμοῖς.
565 ἔνθεν δὲ προτέρω πλέομεν ἀκαχήμενοι ἦτορ,
ἄσμενοι ἐκ θανάτοιο, φίλους ὀλέσαντες ἑταίρους.

ἐΰσσελμος: well-benched.
ἀθρόος: assembled.
545 ἥατ᾽ = ἧντο - imperf.
   ἧμαι: sit.
ὀδύρομαι: weep.
ποτιδέγμενοι - aor. part.
   προσδέχομαι: wait for.
κέλλω: beach.
ψάμαθος: sand.
ῥηγμίς: breakers, edge.
γλαφυρός: hollow.
δασσάμεθ᾽ - aor. δατέομαι:
   divide up.
ἀτέμβομαι: be cheated of.
κίω: go away.
ἴσης (μοίρας): 'of his
   equal share'.
550 ἐμοὶ οἴῳ: 'to me alone'.
ἐΰκνήμις: well-greaved.
δαίω: distribute.
ἔξοχα + gen.: quite apart
   from.
τὸν δ᾽ (ἀρνειὸν) ...
θίς: sandy shore.
κελαινεφής: dwelling in
   the dark clouds.
Κρονίδης: son of Kronos.
ἀνάσσω: rule.
ῥέζω: act, sacrifice.
μηρία: thigh-portions.
καίω: burn.
ἐμπάζομαι + gen.: take
   heed of.
ἱρῶν = ἱερῶν - ἱερα (neut.
   pl.): sacrifices.
μερμηρίζω: ponder, plan.
ἀπολοίατο = ἀπολοίντο -
   aor. optat. ἀπόλλυμαι:
   be destroyed.
557 δαινύμαι: feast.
ἄσπετος: inexhaustible,
   in boundless quantity.
κνέφας: darkness.
κοιμάομαι: fall asleep.
561 ἐποτρύνω: stir up,
   rouse.
ἀμβαίνειν = ἀναβαίνειν:
   embark.
ἄσμενος: glad.

Printed in the USA
CPSIA information can be obtained
at www.ICGtesting.com
LVHW081404221123
764627LV00003B/260